Jan de Zanger

# Die Leute gucken immer so

Jan de Zanger

# Die Leute gucken immer so

Aus dem Niederländischen von
Jeanne Oidtmann-van Beek
und Peter Oidtmann

anrich

Titel der niederländischen Originalausgabe
DE MENSEN KIJKEN ALTIJD ZO


DE MENSEN KIJKEN ALTIJD ZO erschien erstmals
1989 bei Uitgeverij Leopold, Amsterdam


Titelillustration: Annemarie van Haeringen
Satz: AbSatz Typographisches Büro, Hoya/Weser
Druck, Bindung: Ebner Ulm
ISBN 3-89106-115-3

# 1

Der Bus fährt sehr schnell über die kurvige Straße. Remco sieht, daß er nicht der einzige ist, der sich krampfhaft festhalten muß, um nicht vom Sitz hinunterzurutschen. Die beiden Frauen schräg vor ihm, die während der ganzen Fahrt ununterbrochen geredet haben, sitzen ebenso da wie er und schauen sich schweigend an. Mit einer Hand hält er sich an der Rückenlehne des Vordersitzes fest, mit der anderen hält er die Tasche, die neben ihm auf dem Sitz steht. Das Schild mit seinem Namen, das seine Mutter daran befestigte, bewegt sich bei jeder Unebenheit und in jeder scharfen Kurve hin und her. Er spürt wieder seine Wut hochkommen, wenn er es ansieht. Mit einem dicken, schwarzen Filzstift hat sie seinen Namen auf ein weißes Kärtchen geschrieben und dieses dann in eine Lederhülle mit einem Plastikfenster gesteckt. Er hatte sofort das Gefühl bekommen, daß im Zug und im Bus jeder seinen Namen selbst aus einigen Metern Entfernung werde lesen können: Remco Witte.
Er schaut auf seine Uhr und sieht, daß es Viertel nach neun ist. Es kann nicht mehr so lange dauern.
„Fünf Minuten vor jeder vollen und vor jeder halben Stunde kommt der Bus an“, hatte sein Vater gesagt. „Wenn du zum Fahrer sagst, daß du beim Roten Hirschen aussteigen mußt, hält er dort an. Wirst du das behalten? Der Rote Hirsch ist eine Wirtschaft, ich warte dort an der Haltestelle auf dich.“

Dann hatte seine Mutter ihm den Hörer aus der Hand genommen und das Gespräch weitergeführt.

„Gut, dann kann er um fünf vor halb zehn dort sein“, hatte sie gesagt und den Fahrplan gleichzeitig weggelegt. „Sei rechtzeitig da, damit der Junge dort nicht allein im Dunkeln zu warten braucht, denn das hab ich nicht so gern. – Ja – ja, ich bringe ihn pünktlich zum Bahnhof.“ Und dann hatte sie laut aufgelegt. Sie war in die Küche gegangen, und er hörte, wie sie dort mit dem Geschirrspülen beschäftigt war. Er saß vor dem Fernseher und dachte an das, was sein Vater gesagt hatte. Er war umgezogen, weg aus der Stadt. Eine Stunde mit dem Zug und dann noch eine Dreiviertelstunde mit dem Bus. Ein Haus am Wasser. Irenes Haus. Aussteigen beim Roten Hirschen.

Als seine Mutter aus der Küche kam, machte sie den Fernseher aus und setzte sich ihm gegenüber.

„Dein Vater hat also eine Freundin. Er ist zu ihr gezogen, also wird er sie wohl schon seit einiger Zeit kennen, denn er würde so einen Schritt nie machen, ohne sich das gut überlegt zu haben. Hast du sie schon mal gesehen, diese Irene?“

Er schüttelte den Kopf. An den Wochenenden, die er bei seinem Vater verbracht hatte, waren sie immer nur zu zweit gewesen. Sie hatten Spaziergänge gemacht, sie waren in irgendein Museum gegangen oder in den Zoo, manchmal waren sie ans Meer gefahren. Sie hatten zusammen gegessen, und abends oder bei schlechtem Wetter hatten sie komplizierte Modellsegelschiffe aus lauter kleinen Teilen gebaut, die man zusammenkleben mußte. Hoffentlich hatte sein Vater alle Schiffe in das neue Haus mitgenommen.

Sofort nach dem Telefongespräch hatte er sich schon gefragt, ob er dort auch wieder ein eigenes Zimmer haben würde, so wie in der Stadtwohnung seines Vaters: ein kleines Zimmer für sich allein mit seinen Schiffen und Muscheln und mit seinen Büchern über Vögel und Fische. Vielleicht aber ist das Haus von Irene nur ganz klein, und es gibt überhaupt kein Zimmer für ihn, weil alle Zimmer schon benutzt werden. Die Sachen seines Vaters hatten sie ja auch schon unterbringen müssen.

„Versuch dieses Wochenende mal zu erfahren, ob diese Frau berufstätig ist", hatte seine Mutter gesagt. „Vielleicht kann sie es sich erlauben, den ganzen Tag zu Hause herumzuhängen, dann könntest du nämlich die Herbstferien dort verbringen. Hier würdest du die ganze Woche ja doch nur allein sein, denn ich habe keinen einzigen freien Tag mehr."

Noch ein paar Minuten, dann müßte er da sein. Er versucht, draußen etwas zu erkennen. Zu Hause hatte er auf der Karte gesehen, daß der Bus das letzte Stück am Wasser entlangfährt. Aber es ist stockdunkel, und er sieht nur sein eigenes Gesicht, das sich im Fenster spiegelt. Es ist das schmale Gesicht eines Jungen mit schwarzen Haaren und dunklen Augen, eines Jungen, der schon seit Jahren der Kleinste in der Klasse ist.

„Das wird sich noch ändern", sagt sein Vater immer. „ Ich war früher auch klein für mein Alter. Ich fing erst zu wachsen an, als ich dreizehn war." Darauf muß er dann noch gut ein Jahr warten, denn am letzten Tag der Herbstferien wird er erst zwölf.

Der Bus fährt langsamer. Remco sieht, wie der Fahrer ein Mikrofon vom Armaturenbrett nimmt, und kurz darauf hört er dessen Stimme: „Roter Hirsch. Hier mußt du aussteigen, junger Mann.“ Die zwei Frauen drehen sich gleichzeitig nach ihm um, als säßen ihre Köpfe an einer Schnur fest. Gleichzeitig drehen sie sich auch wieder nach vorn, stecken ihre Köpfe zusammen und fangen an, leise zu reden. Er merkt, wie die eine ihn aus den Augenwinkeln heraus beobachtet. Ob etwas nicht stimmt? Ist es so ungewöhnlich, für einen Jungen seines Alters, beim Roten Hirschen auszusteigen?

Der Name der Wirtschaft steht mit verschnörkelten Buchstaben auf einem metallenen Aushängeschild, welches von starken Lampen angestrahlt wird. Im Lichtschein unter dem Schild steht sein Vater.
Remco winkt, geht zum Ausgang und wartet, bis sich die Tür leicht puffend öffnet.

Sein Vater ist ungewöhnlich still, so als ob er sich außergewöhnlich anstrengen müsse, im grellen Licht der Scheinwerfer den Weg zu sehen.
Remco schaut ihn von der Seite an.
Ihre Begrüßung war nicht wie sonst gewesen. Nachdem er aus dem Bus gesprungen war, hatte sein Vater ihm kurz die Hand auf den Kopf gelegt und ihn dann zum Auto, das auf dem Parkplatz neben der Wirtschaft stand, mitgezogen.
Sonst hatte er immer so viel wissen wollen, was in den zwei Wochen seit dem letzten gemeinsamen Wochenende pas-

siert war. Manchmal war es Remco lästig gewesen, besonders wenn es wieder mal die Schule betraf. Aber jetzt spricht sein Vater kein Wort und achtet nur auf den Weg.
„Ist es noch weit?“ fragt Remco.
„Noch fünf Minuten. Die erste Querstraße nach rechts und dann weiter bis ans Wasser.“
Bei einem Baum, an dem ein roter Reflektor befestigt ist, verlangsamt sein Vater die Fahrt, und das Auto biegt in einen holperigen Weg mit Klinkersteinpflaster ein. Außerhalb des Lichtkegels der Scheinwerfer ist alles dunkel.

„Gibt es noch mehr Häuser an diesem Weg?“ fragt Remco.
„Nein, nur Irenes Haus, unser Haus.“
Wieder ist es still. Es scheint so, als ob sein Vater nur noch antworten und plötzlich nichts mehr von sich aus sagen könne.
Remco versucht es noch einmal.
„Kennst du Irene schon lange?“
Sein Vater bremst ziemlich scharf, und das Auto kommt mitten auf der Klinkerstraße zum Stehen. Der Motor läuft weiter, nur das grelle Lichtbündel bewegt sich plötzlich nicht mehr.
„Ich hatte es dir schon früher sagen wollen,“ sagt sein Vater, „aber es ist nie dazu gekommen. Vielleicht war ich mir selber nicht sicher, ob es richtig ist ...“
„Was denn?“
„Ob – ob ich noch einmal mit einer Frau zusammenleben sollte – oder eine Frau mit mir. Eine gescheiterte Ehe reicht.“
„Wollt ihr denn heiraten?“

„Das haben wir vor. Aber vielleicht erst in einem Jahr oder so. Wir haben es nicht eilig."
Er schweigt und schaut vor sich hin. Dann sagt er:
„Du kennst doch das große Gemälde, das in meiner alten Wohnung über der Couch hing?"
„Ja, mit viel Rosa. Ich erkannte nichts auf diesem Bild, aber du hast gesagt, es sei ein Baum oder so was Ähnliches."
„WEIDE AM WASSER, ja. Durch dieses Bild haben wir, Irene und ich, uns kennengelernt. Das war vor gut zwei Jahren."
Sein Vater erzählt jetzt die ganze Geschichte. Als Vertreter einiger kleiner Verlage fährt er durch das ganze Land, in seinem Auto immer einen Koffer voller Bücher. Wenn er abends nach der Arbeit zu weit von zu Hause entfernt ist, übernachtet er in einem Hotel. Eines Abends hatte er in einer kleinen Stadt hier ganz in der Nähe ein Zimmer gefunden. Eigentlich langweilte er sich etwas. In der Lokalzeitung las er, daß an diesem Abend eine Ausstellung mit Bildern von Irene Verhulst eröffnet werde.

Er war dorthin gegangen, weil er doch nichts anderes vorhatte, und war sofort von den großen, bunten Bildern beeindruckt. Dieses eine gefiel ihm sogar so gut, daß er es kaufen wollte. Er ging also zu der Malerin, um sich nach dem Preis zu erkundigen.
„Das weiß ich nicht auswendig", hatte sie geantwortet und dabei seinen Vater in eine Ecke des Raumes hinter sich hergezogen, wobei sie unterwegs eine Preisliste von einem Tisch genommen hatte.

„Wissen Sie, der Besitzer der Galerie verdient natürlich auch an den Bildern, deshalb sind sie hier teurer, als wenn ich sie selbst verkaufe. Sie bleiben einen Monat hier hängen, dann kommen sie wieder zu mir nach Hause. Es ist natürlich möglich, daß das Bild im Laufe dieses Monats hier verkauft wird, aber …"

„Ich wollte es verdammt gern haben", sagt sein Vater jetzt. „Aber sechstausend Gulden konnte ich nicht bezahlen, was ich ihr auch sagte."

Sein Vater hatte ihre Adresse bekommen und sie sechs Wochen später, als er wieder in der Nähe war, besucht.

„Das Bild war nicht verkauft worden, und eigentlich war es immer noch zu teuer für mich, aber ich wollte es haben. Wir vereinbarten deshalb, daß ich ihr jeden Monat etwas abbezahlen würde. Am Anfang kam ich nur einmal im Monat her, aber bald verstanden wir uns so gut, daß ich sie auch mal zwischendurch besuchte. Dann wollte Irene sehen, wie ihr Bild über meiner Couch aussah …"

Sein Vater schweigt kurz und schaut vor sich hin, die Hände liegen auf dem Lenkrad. Dann schaltet er den ersten Gang ein und fährt langsam weiter.

„Irene ist eine wunderbare Frau", sagt er, „aber das wirst du gleich selber sehen."

# 2

Irene ist tatsächlich eine wunderbare Frau. Remco muß immer wieder zu ihr hinüberschauen.
Sie waren um eine Ecke gefahren und kamen dann direkt zu einem niedrigen Haus aus roten Backsteinen. In diesem Moment ging das Licht draußen am Haus an, und die Haustür wurde weit geöffnet. Im Licht, das vom Flur aus nach draußen strömte, stand eine Frau, die die ganze Türöffnung ausfüllte.
Sie wartete dort, bis sein Vater das Auto vor der Tür der Doppelgarage geparkt hatte und gemeinsam mit Remco zum Haus kam. Sie war etwas größer als sein Vater, hatte breite Schultern und trug ein langes weißes Kleid, das sehr weit war. Sie hatte ganz hellblonde Haare, ihre Lippen und Fingernägel waren knallrot angemalt.
„Du bist Remco“, sagte sie und streckte ihm ihre Hand entgegen. „Ich bin Irene. Herzlich willkommen, Junge. Ich hoffe, daß du dich hier wie dein Vater sehr schnell wohl fühlen wirst ...“

Sie hatte ihre Hand auf seine Schulter gelegt und ihn durch den Flur zum Wohnzimmer geführt. Hier blieb er erstaunt stehen, denn er hatte noch nie so ein Zimmer gesehen. Außer den Bildern an der Wand war alles weiß: die langen Vorhänge, die die ganze Wand der Tür gegenüber bedeckten, die

Decke und der Teppichboden, die Wände und Tisch und Stühle in der Eßecke, die Ledergarnitur und das niedrige Tischchen vor der Couch.

Da steht eine weiße Irene vor weißen Vorhängen, und er fühlt sich nicht wohl in seiner bunten Jacke. Er macht den Reißverschluß auf und dreht sich um. Gab es da nicht irgendwo eine Garderobe im Flur?

„Gib nur her“, sagte neben ihm sein Vater. „Du wirst dich bald selbst zurechtfinden.“

Irene geht zu einer weißen Tür und bleibt stehen, die Hand auf der Türklinke.

„Es wird langsam Zeit für ein Glas Wein, das Wochenende hat angefangen. Was willst du trinken, Remco, eine Cola?“

Er nickt und sie verschwindet.

„Es ist schade, daß du jetzt nichts sehen kannst“, sagt sein Vater. „Diese Wand“, und er zeigt auf die langen Vorhänge, „besteht nur aus Glas. Hundert Meter weiter fängt der See an. Zwischen dem Haus und dem Wasser gibt es nur ein paar Sträucher und am Ufer ein paar Weiden. Wir wohnen hier ganz allein. Am Anfang mußte ich mich daran gewöhnen, daß hier nie ein Mensch zu sehen ist. Jetzt genieße ich es. Die Aussicht ist einmalig, sowohl das Licht auf dem Wasser wie auch der weite Himmel, sogar bei schlechtem Wetter.“

Das Bild seines Vaters hängt über dem Eßtisch. WEIDE AM WASSER, denkt er, aber noch immer kann er keinen Baum erkennen. Er sieht nur viel Rosa in einem silbernen Rahmen, so wie die anderen Bilder an der Wand vor allem rot oder blau sind. Er fühlt sich noch immer nicht sehr wohl. Natür-

lich hat er wieder viele Fragen beantworten müssen: über die Schule, über die Fahrt, über alles, was er in den letzten zwei Wochen gemacht hat. Es sind die gleichen Fragen wie immer, aber jetzt sitzt Irene dabei. Er muß sie immer wieder ansehen. Jetzt, da sie neben seinem Vater auf der Couch sitzt, liegt das große weiße Kleid selbst ohne Gürtel eng um ihren Körper, aber sie sieht überhaupt nicht mehr so dick aus, nur noch groß. Sie ist einmal aufgestanden, um ihm noch ein Glas Cola aus der Küche zu holen, und dabei hat sie ganz kurz ihre Hand auf seinen Kopf gelegt. Er hat gesehen, daß sie ganz hohe weiße Stöckelschuhe an ihren nackten Füßen trägt.
Sein Vater hat noch einmal die Weingläser gefüllt. Es ist wie früher zu Hause, denkt er, aber als er den runden roten Kreis auf dem weißen Tisch bemerkt und sieht, daß sein Vater die Flasche jetzt woanders hinstellt, so daß auch dort wieder ein kreisrunder Fleck zurückbleiben wird, bekommt er plötzlich das Gefühl hier zu Besuch zu sein. Er ist zu Besuch bei seinem eigenen Vater und einer fremden Frau.
„Ich glaube, du schläfst schon", hört er seinen Vater plötzlich sagen. „Willst du ins Bett?"
Er zuckt die Achseln.
„Zuerst müssen wir aber erzählen, was wir alles gemacht haben", sagt Irene. Sie schiebt die Schuhe von den Füßen und zieht die Beine unter ihren weiten Rock hoch auf die Couch. Remco sieht, daß die Fußnägel auch rot lackiert sind.
„Wir hatten ziemlich große Probleme, denn wir mußten ja auch die Sachen aus deines Vaters Wohnung hier unterbringen. Dieses Haus ist wirklich nicht so klein, aber ich brauche zum Arbeiten ein Atelier. Zwar haben wir ein Gästezimmer,

das mit den Möbeln und Büchern deines Vaters eingerichtet ist, aber du müßtest dort auf der Couch schlafen, und das schien uns keine gute Lösung. Wir hoffen, daß du oft zu uns kommst, also brauchst du auch einen Platz für dich."
Sie schweigt und schaut seinen Vater an.
„Erzähl du es ihm, Victor."
Sein Vater grinst.
„Du hast bestimmt neben dem Haus die freistehende Garage gesehen?"
Remco nickt.
„Darin gibt es Platz für zwei Autos."
„Ja, und in der hintersten Ecke habe ich noch einige Sachen verstaut", sagte Irene. „Als ich dieses Haus kaufte, stand die Garage schon da ..."
„Sie hat ein spitzes Dach, in dem ein Dachfenster sitzt", fährt sein Vater wieder fort, „und außerdem gibt es ein großes Fenster an der Rückseite. Von da aus sieht man über den See. Die ganze Woche waren wir auf diesem Speicher schwer beschäftigt. Letzten Samstag haben wir zuerst alles entrümpelt, dann haben wir das Dach mit Glaswolle isoliert und danach mit Holz verkleidet. Irene hat alles angestrichen, und gestern abend haben wir dein Bett, deine Bücher und deine Schiffe hinübergebracht. Wir haben alles einfach hingestellt, damit du dein Zimmer selbst einrichten kannst."
„Ein richtiger Speicher? Nur für mich?"
Sein Vater und Irene nicken beide, und dann schauen sie sich an. Er hat anscheinend genau das gesagt, was sie erwartet haben.
„Es könnte dort kalt sein", sagt Irene, „deshalb habe ich noch

zwei elektrische Heizkörper bestellt, aber die können am Montag erst installiert werden."
„Ich glaube, ich möchte jetzt ins Bett", sagt er.

Es ist fast wie eine kleine Prozession: Irene geht als erste mit seiner Jacke, Remco hinter ihr, dann sein Vater mit der Reisetasche. Irene öffnet die Tür, sein Vater schließt sie wieder. Auf schrecklich dünnen, hohen Absätzen marschiert Irene durch das Zimmer und die Küche in die Waschküche.
Sie drückt die Außentür auf und macht draußen das Licht an.
„Schau mal, die Seitentür der Garage ist genau gegenüber."
Remco schätzt die Entfernung auf sieben Meter.
„Ich werde dir nachher den Zweitschlüssel für die Waschküche geben. Bad und Toilette sind im Haus, aber die Waschküche wird immer abgeschlossen. Man weiß ja nicht, wer hier herumstreunt. Deshalb mußt du auch immer die Garagentür abschließen, egal ob du draußen oder drinnen bist. Hier hast du den Schlüssel, bitte."
Jetzt geht Remco voran. Er öffnet die Tür und schaut in den dunklen Raum.
„Der Lichtschalter ist rechts", sagt Irene.
Er findet den Schalter, und kurz darauf flackern zwei Neonröhren auf. In der großen Garage steht ein ganz kleines, knallrotes Auto. Er überlegt, wie Irene sich mit ihrem großen Körper da heineinzwängt. Es passen bestimmt vier solcher Autos in diese Garage, denkt er, doch dann bemerkt er, wie Irene in der Mitte des Raumes mit einem Haken an einem Ring zieht, der oben in der Decke befestigt ist. Eine Luke

kommt zum Vorschein, und an einer Schiene rutscht eine Treppe herunter.
„Da ist es", sagt sie. „Das ist dein Zimmer."
Die unterste Stufe der Treppe reicht fast bis zur Rückwand der Garage. Auf beiden Seiten bleibt noch Platz für ein Auto. Remco klettert die Treppe hoch.
„Oben gibt es eine Stehlampe", sagt sein Vater. „Sie hat einen Fußschalter, der rechts neben der oberen Stufe liegt, so daß du ihn mit der Hand erreichen kannst."
Es ist wirklich ein großer Speicher. Die Treppe mündet ungefähr in der Mitte des Fußbodens, auf drei Seiten von einem Geländer umgeben. Am rechten Pfosten hängt ein kleines Gitter, mit dem er die Öffnung zusperren kann.
„Du mußt versprechen, dieses Gitter immer zu schließen, wenn du oben bist", sagt Irene. „Ich bekomme Gänsehaut bei dem Gedanken, daß du im Dunkeln herunterstürzen könntest ..."
Remco schaut sich um. Das Bett steht unter der Schräge an der fensterlosen Seite, wobei das Kopfende genau an das große Fenster, welches nur zehn Zentimeter über dem Boden anfängt, stößt. Draußen ist es so dunkel, daß er sich von oben bis unten im Fenster sehen kann. Er zieht den Vorhang zu und dreht sich um. An der dreieckigen Wand gegenüber stehen Tisch und ein einfacher Stuhl, vermutlich genau über der Garagentür. Darüber und daneben sind Bretter an der Wand befestigt. Vor dem Tisch steht ein Stapel großer Kartons.
„Die Bücher und die Schiffe kannst du selbst ins Regal einräumen", sagt sein Vater.
„Ja, das mache ich morgen. Jetzt will ich schlafen."

# 3

Es ist noch nicht richtig hell, als Remco aufwacht. Zuerst schaut er erstaunt um sich, dann fällt ihm wieder alles ein: Irenes Haus, der Speicher über der Garage. Beim Aufstehen muß er aufpassen, daß er sich an der schrägen Decke über seinem Bett nicht den Kopf anschlägt. Das hatte sein Vater ihm gestern noch gesagt, bevor er hinunterging.
Er geht zum Fenster und schiebt den Vorhang zur Seite. Er sieht ein Stück von der Wiese mit einigen Sträuchern, ein kleiner Weg führt zum Wasser, wo ein paar Weiden und einige Sträucher stehen. Am Ufer wächst Schilf.
Am gegenüberliegenden Ufer sieht er einen Kirchturm, eine Windmühle und rote Dächer. Da ist also ein Dorf. Auf dem Wasser ist es ruhig, kein Segel und kein Ruderboot sind zu sehen. Vielleicht ist es noch zu früh, vielleicht ist jetzt auch nicht die richtige Jahreszeit. Auf alle Fälle möchte er heute ans Wasser gehen, er möchte sich die Umgebung der Weiden etwas näher ansehen. Da hinten müßte eine Bucht sein. Links und rechts sieht er eine Landzunge mit Bäumen und Sträuchern; auf der linken Seite der Landzunge schimmert Wasser durch die Äste. Er schaut auf die Uhr und sieht, daß es fast acht ist.

Könnte er schon zum Haus rübergehen? Sie haben gestern abend nichts ausgemacht. Er weiß, daß sein Vater am

Wochenende gern ausschläft, aber Irene könnte schon auf sein.
Jetzt spürt er plötzlich, daß er dringend pinkeln muß. Er muß also jetzt nach unten.
Als er die Seitentür der Garage hinter sich abschließt und zum Haus geht, winkt schon jemand in der Küche. Gleich darauf steht Irene in der Tür der Waschküche.
„Hallo! Zum Glück bist du nicht so ein Langschläfer wie dein Vater."
Sie legt einen Arm um seine Schultern und drückt ihn kurz an sich.
„Wir können schon mal in der Küche zusammen frühstükken."
Er nickt.
„Aber zuerst muß ich aufs Klo, sonst mache ich noch in die Hose."

Er sitzt auf der Bettkante und fühlt sich schuldig.
Er mag Irene sehr, und das ist seiner Mutter gegenüber nicht fair.
Als sein Vater ihm am Telefon erzählt hatte, daß er zu Irene gezogen sei, hatte Remco kurze Zeit das Gefühl, daß sie seinen Vater der Mutter weggenommen hätte. Das stimmte natürlich nicht, denn seine Eltern hatten sich schon vor drei Jahren getrennt. Und doch gefiel es ihm nicht so recht, daß sein Vater jetzt eine andere Frau hatte, denn nun würden seine Eltern nie mehr zusammenkommen können. Aber seine Mutter hatte ihm schon sehr oft gesagt, daß die Trennung gut sei, weil sie überhaupt nicht zusammenpaßten.

Er hatte mit seiner Entscheidung, was diese Irene für ein Mensch sei, abwarten wollen, dabei fand er sie jetzt schon nett, obwohl er sie erst wenige Stunden kannte.
Fast eine Stunde hatten sie zusammen am kleinen Tisch in der Küche gesessen, hatten anfangs fast nichts gesprochen, sondern sich nur ab und zu angeschaut und zugelächelt. Beide schienen sie schüchtern zu sein.
Sie hatte ihn nichts gefragt, obwohl Erwachsene das sonst meistens tun. Nach einer Weile hatte sie angefangen, über das Haus zu sprechen. Sie hatte es günstig kaufen können, weil die meisten Leute nicht gern so abgelegen wohnen.
„Der vorige Besitzer mußte es verkaufen, weil seine Frau es hier nicht mehr aushalten konnte. Während ihr Mann arbeiten war, wurde sie verrückt vor Einsamkeit. Es gab keine anderen Käufer, denn ältere Leute hatten kein Interesse, weil es so abgelegen liegt, und Familien mit Kindern wollten es nicht, weil die nächste Schule zehn Kilometer von hier entfernt ist, nämlich in der Stadt, in der ich geboren bin."
Sie erzählte, daß sie als Kind schon immer viel am Wasser gewesen sei und daß sie auch jetzt die meisten Anregungen für ihre Bilder dort bekomme.
„Die Leute sagten, ich sei verrückt, hier in die Wildnis zu ziehen, aber ich habe es nie bedauert."
Er hatte sie angeschaut: ihre fast weißen Haare, ihren schwarzen Pulli, ihre blauen Augen und ihre roten Lippen. Sie war so ganz anders als seine Mutter. Hatte sein Vater sich deshalb in sie verliebt, weil sie so anders war?
Auf alle Fälle fand er sie ganz toll.

Sein Fenster ist wie der Bildschirm eines großen Fernsehers, auf dem nur grünes Gras und graues Wasser unter einem riesigen Wolkenhimmel gezeigt wird. Ab und zu fliegt ein Vogel übers Bild, im Wasser schwimmen Enten, ein Schwarm kleiner Vögel fliegt im Schilf immer wieder ein Stück weiter. Das Dorf auf der anderen Seite scheint im Vergleich zu dieser Seite des Sees ausgestorben.
Er steht auf. Er muß etwas tun. Irene wollte seinen Vater zu ihm rüberschicken, sie könnten dann zusammen die Kartons auspacken und die Bücher und Schiffe einräumen, aber er könnte ebensogut auch schon allein anfangen.
Er öffnet die ersten Kartons, in denen nur Bücher sind, die er ganz oben ins Regal über dem Tisch stellt, sortiert nach Vogel- und Fischbüchern. Vielleicht hat Irene ein Fernglas, dann kann er die Vögel auf und am Wasser besser beobachten, denn er hat nicht so viel Ahnung von Wasservögeln.
Sein Vater hatte die Schiffe beim Einpacken in Zeitungen gewickelt, so daß alle noch ganz sind. Sie sehen im schwarzen Regal an der weißen Wand gut aus. Nachdem er alle sieben Schiffe schon hingestellt hat, findet er im letzten Karton noch etwas. Er macht das Zeitungspapier weg und hält ein längliches Paket in der Hand, das in Geschenkpapier gewickelt ist. FÜR REMCO VON PAPA UND IRENE steht mit Filzstift darauf geschrieben. Es ist nicht die Schrift seines Vaters. Zuerst vermutet er einen Bausatz für ein neues Schiff, aber dafür ist das Paket zu schwer und auch zu hoch. Er schüttelt es vorsichtig, kann aber nichts hören.
Er geht zum Bett und setzt sich hin: Langsam wickelt er das Paket auf seinen Knien aus.

Mit der Schachtel unterm Arm stürmt er die Treppe runter, reißt die Tür auf und landet mit einigen Sprüngen in der Waschküche. Dann steht er in der Küche, wo sein Vater am kleinen Tisch sitzt und Kaffee trinkt. Irene steht an der Anrichte.
„Ist das wirklich für mich?“ fragt er und stellt die Schachtel neben die Kaffeetasse seines Vaters.
Er hat sie noch nicht geöffnet, er hat nur kurze Zeit das bunte Bild auf dem Deckel angeschaut, auf dem ein Motorboot über das Wasser schießt. Seine Geschwindigkeit ist so hoch, daß der Bug kaum das Wasser berührt. Es hinterläßt einen Streifen weißen Schaumes.
„Ja“, sagt sein Vater, „gefällt es dir?“
„Das weiß ich noch nicht, das Bild schon, aber ich habe die Schachtel noch nicht geöffnet.“
„An deiner Stelle würde ich es aber tun“, meint Irene. „Komm, wir machen es gemeinsam.“
Sie hebt den Deckel hoch, und ein Behälter aus Kunststoff kommt zum Vorschein. Darauf liegen ein kleines Buch und noch einige andere bedruckte Zettel, die er zur Seite legt. Endlich findet er darunter das Boot, das er schon auf dem Bild gesehen hatte: ein rotes Boot mit einem gelben Aufbau. Die Antenne ist nach vorn geklappt. In einer Aussparung liegt neben dem Boot ein schwarzes Kästchen.
„Das ist der Sender“, sagt er. „Damit muß man steuern. So etwas hat Marco für sein Auto.“ Er hebt den Sender aus der Schachtel und zieht die Antenne aus. „Guckt mal, mit diesen zwei Hebeln kann man alles regeln: schneller und langsamer, vorwärts und rückwärts, nach links und nach rechts.“

Er schiebt die Antenne wieder ein und legt den Sender auf den Tisch. Als er das Boot aus der Schachtel nimmt, federt die dünne Bootsantenne sofort hoch.
„Es hat zwei Schrauben. Ob es wirklich richtig schnell fährt?"
„Wir probieren es später aus", antwortet sein Vater. „Zuerst müssen wir die Batterien in das Boot und in den Sender einlegen, und außerdem möchte ich noch kurz die Beschreibung lesen."
Remco schaut von einem zum anderen.
„Warum habt ihr das getan? Bekomme ich das Boot einfach so?"
„Irene hat es mitgebracht", sagt sein Vater. „Sie ..." „Ja", sagt sie, „ich habe es im Schaufenster eines Spielwarengeschäftes gesehen. Es war ein Angebot. Und da habe ich mir gedacht, daß das hier der richtige Ort für so ein Boot ist. Die großen Boote und die Windsurfer kommen hier nie sehr nah ans Ufer, also brauchst du keine Angst vor Zusammenstößen zu haben und kannst hier alle möglichen Kurven ausprobieren."
Er geht zu ihr, stellt sich auf die Zehenspitzen und streckt sich. Zum Glück bückt sie sich, sonst hätte er ihr keinen Kuß geben können.

# 4

„Was bedeutet eigentlich 27.145 MHz?“ fragt er, als er endlich den Sender festhält.
„Ich habe die Beschreibung gelesen“, sagt sein Vater. „Viel Ahnung von Technik habe ich auch nicht, aber bei solchen kleinen Sendern handelt es sich immer um 27 Megahertz. Das ist eine bestimmte Wellenlänge. Es ist wie beim Radio, wenn man einen bestimmten Sender sucht. In unserem Fall müssen der Sender und der Empfänger in deinem Boot auf die gleiche Wellenlänge abgestimmt sein, sonst läßt sich das Boot nicht von dir steuern. Für dieses Boot gilt also 27.145 MHz.“
Sie sind fast am Wasser angekommen.
In der Küche hatte sein Vater eine Batterie nach der anderen ins Boot gelegt und dann noch vier in den Sender. Danach waren sie rausgegangen.
„Kommst du nicht mit?“ hatte er Irene gefragt.
„Ich komme gleich, aber erst muß ich hier noch einiges erledigen. Geht nur schon mal vor.“

Direkt vor den Weiden am Wasser windet der kleine Weg sich rechts an den Sträuchern vorbei und hört plötzlich bei einer kleinen Lichtung auf. Sein Vater bückt sich unter die Äste, Remco geht hinter ihm her. Auf einmal liegt vor ihnen ein halbrundes Stück Rasen am Wasser, das zum Land hin mit Sträuchern zugewachsen scheint.

„So, jetzt kann's losgehen", sagt sein Vater. „Du kannst das Boot vorsichtig ins Wasser setzen."
Remco beugt sich nach vorn, hier am Ufer ist das Wasser nicht tief.
„Vielleicht schaffen wir es noch heute, ein Paar Stiefel für dich zu besorgen, die brauchst du hier unbedingt. Besonders wenn es geregnet hat und du dein Boot ins Wasser lassen willst."
Das Boot schwimmt. Remco stößt es vorsichtig an, so daß es sich langsam vom Ufer entfernt.
Sollte er es beim ersten Mal nicht besser an einer langen Schnur oder einer langen Kordel halten? Er weiß ja noch gar nicht, ob alles klappt, ob das Boot ihm gehorcht. Stell dir vor, es fährt nur geradeaus, dann ist er es gleich wieder los. Er erschrickt, als der Motor anspringt und das Boot sich mit einem Ruck davonmacht. Während es hinten tief im Wasser hängt, ragt es vorne hoch hinaus.
„Nicht so schnell", sagt er zu seinem Vater, „man sollte gerade vom Ufer sehr ruhig losfahren."
„Mach es lieber selber", sagt sein Vater und reicht ihm den schwarzen Sender. „Du weißt doch, daß ich nicht viel von Technik verstehe."
Nachdem sein Vater die Hebel wieder losgelassen hat, liegt das Boot fast still auf dem Wasser. Remco schiebt den Geschwindigkeitshebel langsam nach unten, und das Boot fährt rückwärts. Dann schiebt er den Hebel nach oben, und es fährt vorwärts, zuerst langsam, dann immer schneller. Er verringert die Geschwindigkeit und betätigt dann den anderen Hebel, den er nach links schiebt, damit das Boot eine

Linkskurve macht. Das Boot beschreibt ungefähr einen Halbkreis, dann läßt er es in eine Rechtskurve wechseln. Wenn das Boot parallel zum Ufer fährt, läßt er es geradeaus und auch schneller fahren. Er steigert die Geschwindigkeit so lange, bis das Boot aus dem Wasser hochzusteigen scheint. Sobald er dann den Geschwindigkeitshebel nach unten schiebt, hängt das Boot wieder tiefer im Wasser.
„Jetzt wird es schwierig“, sagt sein Vater. „Jetzt mußt du versuchen, es wieder genau vor uns ans Ufer zu bringen.“
„Das ist gar nicht so schwer“, sagt Remco. Er lenkt das Boot in einen großen Kreis von sich weg in den See und wartet, bis es genau auf ihn zukommt. Dann läßt er den Hebel los und die Geschwindigkeit nimmt ab. Erst als das Boot fast am Ufer ist, muß er kurz beidrehen, und es fährt langsam ins Gras vor seine Füße.
„Sehr gut! Es sieht aus, als ob du das dein ganzes Leben schon gemacht hast.“

Er läßt das Boot wieder langsam rückwärts fahren, bis es weit genug vom Ufer entfernt ist. Dann läßt er es eine leichte Rückwärtskurve machen und anschließend bewegt er es vorwärts. Es wird immer schneller, und schließlich läßt Remco das Boot wie einen gelb-roten Blitz über das Wasser schießen.
„Du hast Mut“, hört er Irene plötzlich hinter sich. Er hat sie überhaupt nicht kommen hören.
„Hast du keine Angst, den Kontakt zu verlieren?“ fragt sie.
Er schaut seinen Vater an.

„Wird in der Beschreibung eine Entfernung erwähnt?“ fragt er. Sein Vater zuckt die Achseln.
„Ich kann mich nicht erinnern. Das muß ich nachher noch mal nachschauen. Ich habe nur gelesen, daß diese kleinen Sender auf verschiedene Frequenzen abgestimmt sind, sonst würde man einander stören, wenn mehrere Boote gleichzeitig auf dem Wasser sind. Aber wie weit diese Dinger fahren können? Nein, das weiß ich nicht.“
„Du wirst hier bestimmt nicht gestört“, sagt Irene. „Ich glaube nicht, hier jemals so ein Boot gesehen zu haben.“

# 5

Während der Mittagszeit haben sie in der Bedienungsanleitung nachgesehen, aber eine maximale Entfernung wurde nicht erwähnt. Als sie dann am Nachmittag sowieso in der Stadt zum Einkaufen waren, haben sie gelbe Gummistiefel für ihn besorgt und sind auch noch kurz in das Spielwarengeschäft gegangen, aber auch dort konnte man ihnen nicht helfen.

„Es tut mir leid", sagte der Verkäufer. „Wir haben keine Erfahrung. Alles, was ich Ihnen sagen kann, steht auch in der Anleitung. Der Sendebereich ist am größten, wenn die Antenne ganz ausgezogen ist. Ich denke, daß der Junge nur durch Ausprobieren dahinterkommen kann, auf welcher Entfernung der Kontakt noch klappt. Wenn er die Antenne nur zum Teil auszieht und das Boot dann nicht mehr gehorchen sollte, dann kann er die Antenne ganz ausziehen und den Kontakt wieder herstellen."

Das will er jetzt tun. Er hat nur noch eine halbe Stunde bis zum Essen, außerdem dämmert es auch schon. Mit seinen neuen Stiefeln geht er ein paar Schritte ins flache Wasser und stellt sein Boot vorsichtig hin. Er geht zum Rasen zurück, nimmt den Sender aus dem Gras und zieht die Antenne zur Hälfte aus. Dann schickt er sein Boot geradeaus in den See. Ab und zu probiert er eine flache Kurve nach links oder rechts, um festzustellen, ob das Boot noch gehorcht. Alles

geht gut. Als das Boot fast aus der Einmündung verschwunden ist, irgendwo zwischen den Spitzen der beiden Landzungen, steuert er es in einen großen Bogen nach rechts und läßt es mit voller Kraft auf sich zukommen.
Fünfzehn Meter vom Ufer entfernt, drosselt er die Geschwindigkeit und steuert das Boot zurück ins offene Wasser, nachdem er es gedreht hat. Er möchte wissen, wie schnell das Boot die Kurve nehmen kann, ohne zu kentern. Jedoch müßte er das näher am Ufer üben, um notfalls hingehen zu können.
Das Boot fährt wieder geradeaus von ihm weg. Der weiße, von den beiden Schrauben verursachte Schaumstreifen ist jetzt deutlicher zu sehen als das Boot selbst. Ab und zu schickt er das Boot mal nach links oder nach rechts, um festzustellen, ob alles noch funktioniert. Er möchte es weiter hinausfahren lassen als beim vorigen Mal, denn er kann die Antenne noch ein ziemliches Stück ausziehen.
So, das reicht jetzt. Langsam schiebt er den Hebel nach links, das Boot macht eine schöne Kurve in Richtung Landzunge. Aber dann fährt es plötzlich nach rechts. Remco zieht die Antenne ganz aus und steuert nach links. Zum Glück gehorcht das Boot, aber als er es wieder auf sich zukommen lassen will, bleibt es weiter in der Linkskurve. Er steuert scharf nach rechts, und es scheint kurze Zeit, als ob das Boot gehorchen würde, doch dann fährt es immer noch in einer großen Linkskurve plötzlich schneller und verschwindet hinter der Landzunge.
Einen kurzen Augenblick schaut er regungslos zum schmalen, mit Bäumen und Sträuchern bewachsenen Landstreifen

hinüber. Doch dann wird er sich dessen bewußt, daß sein Boot weg ist. Seine Augen füllen sich mit Tränen. Sein neues Boot ist verschwunden. Wenn er die Landzunge überquert, kann er vielleicht sehen, wo es hingefahren ist, und vielleicht kann er dann auch wieder den Kontakt herstellen, überlegt er. Bis zur Landzunge sind es bestimmt dreihundert Meter. Er läuft los.

Er hat noch nicht einmal die halbe Strecke hinter sich, als er das Summen des elektrischen Motors hört. Kurz danach taucht sein Boot am Ende der Landzunge wieder auf. Schnell zieht er die Antenne der Fernsteuerung bis zum Anschlag aus und läßt das Boot mit voller Kraft geradeaus fahren. Es gehorcht. Auch beim Ausprobieren einiger flacher Kurven. Erleichtert beobachtet er, wie das Boot auf ihn zukommt, doch dann fällt ihm ein, daß er es hier nicht aus dem Wasser holen kann, denn auf einer Breite von über drei Metern wächst hier Schilf im Wasser. Er muß also zurück zu Irenes halbrundem Rasenstück zwischen den Weiden und Sträuchern. Sein Boot läßt er in einer Entfernung von fünfundzwanzig Metern langsam neben sich herfahren.

Er muß sich durch die Öffnung zwischen den Sträuchern hindurchzwängen, um zum Wasser zu gelangen. Er läßt das Boot noch einen Freudentanz machen und dirigiert es dann direkt vor seine Stiefel. Als er es aus dem Wasser holen will, sieht er ein Plastiktütchen, das an der Rückseite der Kajüte klebt. Darin steckt ein zusammengefalteter weißer Zettel. Er reißt es vom Boot ab, holt den Zettel heraus, faltet ihn auseinander und liest:

KEINE PANIK. ICH WOLLTE DEIN BOOT NICHT KLAUEN. ICH MÖCHTE MIT DIR SPRECHEN. KOMM ZU DER LANDZUNGE, DIE ZWISCHEN UNS LIEGT. HEUTE ABEND UM HALB ZEHN.

PIETER P.

Die Mitteilung war in großen Buchstaben mit Bleistift geschrieben. Ohne zu überlegen, beugt sich Remco vor, um die ganze Landzunge überblicken zu können. Die Bäume und Sträucher heben sich in der Dämmerung schwarz gegen den Himmel ab. Nur die Blätter in den Baumwipfeln bewegen sich leise, sonst ist alles still.

Er steckt den Zettel in die Tasche, nimmt das Boot unter den Arm, den Sender in die Hand und läuft so zum Haus zurück.

# 6

Er hat Irene und Vater nichts gesagt. Vielleicht würden sie es ihm verbieten, so spät noch wegzugehen. Aber er muß zur Landzunge, neugierig wie er ist.
Beim Essen hat er versucht, Irene und seinen Vater über die Häuser und die Leute in der Nachbarschaft auszuhorchen, aber das hat ihm nicht viel gebracht. Er hat nur erfahren, daß sich ein Stück weiter eine Villa am Wasser befindet.
„Kannst du dich erinnern, wo wir gestern abend nach rechts abgebogen sind?“ fragte sein Vater ihn.
„Und heute nachmittag, als wir aus der Stadt kamen“, fügte Irene hinzu.
„Wenn man da geradeaus fahren würde, käme man zu einer sehr großen Villa mit einem kleinen Turm und einem parkähnlichen Garten. Als ich Irene das erste Mal besuchen wollte, habe ich mich verfahren und kam zuerst dorthin. Ich stand vor einem großen Tor, auf der anderen Seite war ein wütender Hund. Nach einer Weile kam ein Gärtner, der mir zeigte, wo Irene wohnt.“
„Die Menschen dort sind etwas eigenartig“, sagte Irene. „Ich habe die Frau nur einmal auf der Straße in ihrem Auto gesehen und dann noch einmal beim Gemüsehändler. Ihrem Mann bin ich noch nie begegnet.“
„Wie heißen sie?“

„Pama."
Er mußte aufpassen, nicht mit dem Kopf zu nicken. Es stimmte: Pieter P. war also Pieter Pama. „Haben sie Kinder?"
Irene schaute ihn kurz an.
„Ich glaube nicht. Darüber habe ich nie etwas erfahren. Aber warum willst du das wissen? Langweilst du dich?"
„Aber nein, überhaupt nicht. Ich habe mir nur überlegt, daß es von da aus ein weiter Weg zur Schule ist."

Pieter Pama, das ist also das einzige, was er weiß. Ein Name. Ist es der Name von einem Jungen oder von dem Mann, den Irene noch nie gesehen hat?
Und wie hat dieser Pieter Pama es geschafft, sein Boot in eine andere Richtung zu steuern? Besitzt er auch einen Sender? Sogar mit der gleichen Frequenz wie er? Ob er am Nachmittag so nah war, daß er die Steuerung einfach übernehmen konnte. Sein Boot war eigentlich nicht so lange weggewesen. Hatte dieser Pieter Pama den Zettel vielleicht schon vorher geschrieben und ihn in das Plastiktütchen gesteckt, bevor er das Boot kaperte?
Auf diese Fragen will er eine Antwort haben, deshalb muß er zur Landzunge.

Um neun Uhr fing er an, Müdigkeit vorzutäuschen. Zuerst gähnte er einige Male. Ganz höflich nahm er die Hand vor den Mund, aber es mußte Irene auffallen. Etwas später schloß er die Augen halb und ließ den Kopf mit einem kleinen Ruck zur Seite fallen, um gleich darauf die Augen vor Schreck ganz weit zu öffnen. Es wirkte sofort.

Irene lächelte ihm zu:

„Ein Tag am Wasser macht schläfrig, nicht wahr?"

Er versuchte, verlegen zu sein, als ob sie ihn bei etwas ertappt hätte.

„Du solltest ins Bett gehen, morgen kommt wieder ein Tag."

„Wenn du jetzt schlafen gehst, kannst du morgen wieder zeitig mit dem Boot zum See", sagte sein Vater.

„Jetzt schon? Es ist erst neun."

„Fast Viertel nach neun. An deiner Stelle würde ich jetzt gehen", sagte Irene.

Er täuschte Widerwillen vor und sagte mißmutig „Gute Nacht".

Doch dann hatte er es eilig. Er lief zur Garage, zog Stiefel und Jacke an und schloß die Tür wieder hinter sich ab. Außerhalb des Lichtscheins der Außenbeleuchtung blieb er kurz stehen, damit sich seine Augen an die Dunkelheit gewöhnen konnten. Hätte er nur eine Taschenlampe!

Er mußte fast da sein. Nachdem seine Augen sich an die Dunkelheit gewöhnt haben, kann er mehr sehen, als er erwartet hatte. Er ist über den Weg von Irenes Haus zum See gegangen und dann am Wasser entlang zur Landzunge. Die Bäume und Sträucher bildeten eine schwarze Wand, die immer höher wurde.

Bei der Landzunge angelangt, streifen seine Augen über den dunklen Waldrand. KOMM ZUR LANDZUNGE, DIE ZWISCHEN UNS LIEGT, steht auf dem Zettel in seiner

Tasche. Aber die Landzunge ist lang. Meinte der Schreiber Anfang oder Ende? Remco überlegt, ob es irgendwo einen Weg über die Landzunge gäbe.
Vorsichtig geht er nach links. Wenn er in diese Richtung weitergeht, müßte er um den kleinen Wald herumkommen und zur Seite der Villa der Pamas gelangen.
„Erschrick nicht“, hört er plötzlich eine leise Stimme neben sich. „Ich bin hier.“
Natürlich erschreckt er sich doch, sogar so sehr, daß er wie angenagelt stehen bleibt. Sein Herz schlägt wild. Er dreht sich um, kann aber nichts sehen.
„Hast du eine Taschenlampe?“ sagt die leise Stimme wieder.
Der andere muß sich genau vor ihm in den Sträuchern befinden, denn die Stimme kommt von unten.
„Nein“, sagt er, und seine Stimme klingt heiser.
„Das ist gut so, denn ich möchte nicht, daß du mich siehst.“
„Warum denn?“
„Das erzähle ich dir später. Wie heißt du?“
„Remco, Remco Witte. Und du bist Pieter Pama?“
„Ja, aber zu Hause sagen alle PePe zu mir. Es wäre mir lieber, wenn du das auch sagen würdest.“
Remco schaut noch immer zu den Sträuchern.
„Wohnst du bei Irene Verhulst?“
„Komm doch raus, dann können wir uns besser unterhalten.“
Zwei Hände schieben die Äste auseinander, und ein Kopf mit einer großen, runden Schirmmütze kommt zum Vorschein. PePe ist fast zwei Köpfe größer als er. Im Dunkeln kann Remco das Gesicht des Jungen unter dem großen

Schirm der Mütze nicht erkennen. PePe streckt ihm die Hand entgegen.
„Freut mich“, sagt er. „Mein Vater hat mir das beigebracht. – Wollen wir uns hinsetzen? Ich möchte ganz viel von dir erfahren.“
„Ich auch von dir.“
„Komm hinter mir her.“
PePe steht auf, er hinkt. Immer wenn er das rechte Bein aufsetzt, knickt die Hüfte nach links, und dann dauert es eine Weile, bis er das linke Bein hinter sich herzieht. Er geht Remco voraus, den Waldrand entlang.
„Dort liegt ein umgekippter Baum“, sagt er über seine Schulter hinweg. „Wenn wir uns dort hinsetzen, kriegen wir zumindest keinen nassen Hintern im Gras.“
„Wohnst du bei Irene Verhulst?“ fragt PePe wieder, als sie nebeneinander auf dem Baumstamm sitzen.
„So kann man es sagen“, sagt Remco. „Mein Vater ist zu ihr gezogen. Sie werden heiraten. Ich wohne eigentlich bei meiner Mutter, aber jedes zweite Wochenende verbringe ich bei meinem Vater.“
„Du bleibst also nicht hier“, fragt PePe. Und Remco spürt, daß er enttäuscht ist.
„Nein, morgen nachmittag muß ich wieder fort.“
„Schade.“
„Warum?“
„Du mußt mir helfen.“
„Wobei?“
„Das erzähl ich später. Zuerst muß ich erfahren, wer du bist und ob ich dir vertrauen kann. Wie alt bist du?“

„Elf. Morgen in zwei Wochen werde ich zwölf. In den Herbstferien. Und du?"
„Vierzehn. Ich werde im Februar fünfzehn. Was macht dein Vater?"
„Er ist Vertreter."
„Wie findest du Irene Verhulst?"
„Ich habe sie gestern erst kennengelernt. Sie scheint sehr nett zu sein."
„Sie ist verrückt", sagt PePe. „Ich lache mich halbtot über sie. Weißt du, was sie macht?"
Remco zuckt mit der Schulter. Ihm wird plötzlich kalt. Aus dem See steigen langsam Dunstschleier hoch. Er überlegt, ob er nachher den Weg noch zurückfindet.
„Ich streune hier viel herum", sagt PePe. „Ganz allein. Niemand bemerkt mich. Vor zwei Jahren habe ich sie zum ersten Mal gesehen. Ich stand am äußersten Zipfel der Landzunge, als sie plötzlich auf dem kleinen Rasenstück erschien, wo ich dich heute auch gesehen habe. Ich sah eine große Frau in einem weißen Kleid, sie trug einen Klappstuhl und hatte einen Skizzenblock bei sich. Zuerst schaute sie sich um, dann stellte sie den Stuhl hin, legte den Block darauf, streifte ihre Schuhe von den Füßen, zog Kleid und Unterhose aus ... und splitternackt fing sie an zu zeichnen. In diesem Sommer macht sie es genauso, immer wenn die Sonne sich blicken läßt. Jemand muß sie mal gesehen und es anschließend weitererzählt haben, denn auf der anderen Landzunge sitzt meistens ein Mann mit einem Fernglas."
„Weiß sie das nicht?"
„Ich glaube nicht, denn nachdem sie fertig ist, steht sie auf

und reckt sich. Dann kann man sie richtig sehen. Sie sieht ganz toll aus: sehr groß, aber auch sehr schön."
PePe schweigt jetzt. Remco schaut ihn an, aber er sieht nicht viel mehr als einen dunklen Fleck in der Nacht. Der große Schirm der Mütze hebt sich noch am deutlichsten gegen den Himmel ab.
„Warum hattest du Angst, ich könnte eine Lampe bei mir haben?"
PePe zieht den Schirm noch tiefer übers Gesicht.
„Ich möchte nicht, daß Fremde mein Gesicht sehen", sagt er dann. „Vor fünf Jahren hatten wir einen Unfall. Mein Vater fuhr, aber er war nicht schuld. Wir fuhren auf einer Vorfahrtstraße, nicht mal so schnell, da kam plötzlich von rechts ein Auto, einfach so, ohne die Vorfahrt zu beachten. Mein Vater konnte nicht mehr ausweichen. Ich saß hinten und war nicht angeschnallt und wurde beim Zusammenprall gegen die Tür geschleudert. Dabei habe ich mir die Hüfte gebrochen, was du bestimmt schon bemerkt hast, und mein Gesicht war völlig kaputt: Kiefer und Nase waren gebrochen, und alles war voller Glas. Das haben die Ärzte nicht mehr hingekriegt, und deshalb habe ich jetzt einen schiefen Mund. Außerdem wurde die Haut am rechten Auge komisch zusammengeflickt. Jeder erschreckt, wenn ich auftauche, als wäre ich einer Geisterbahn entsprungen. Und danach versuchen sie dann alle, heimlich zu mir rüberzuschauen, als kriegten sie nicht genug vom Gruseln. Das ist das Schlimmste, daß die Leute immer so gucken."
„Und dein Vater? War er auch verletzt?"
„Er hatte nur ein paar blaue Flecken und ein schmerzendes

Knie, aber nach ein paar Wochen war alles wieder vorbei. Der Fahrer des anderen Autos hatte auch nichts. Ich habe alles abgekriegt, und das wird mein Leben lang sichtbar bleiben. Manchmal denke ich, daß ich immer allein sein werde. Ich werde keinen Freund und keine Freundin haben, denn wer mich sieht, macht einen weiten Bogen um mich. Deshalb bin ich froh, daß du keine Lampe hast. Jetzt können wir zumindest wie zwei normale Menschen miteinander reden."
PePe schweigt und Remco überlegt, ob dieser großgewachsene Junge mit seiner leisen Stimme wirklich immer allein ist.
„Wo gehst du zur Schule? Hast du denn dort keine Freunde?"
„Ich bin auf einem Internat, nur am Wochenende bin ich zu Hause. Dort gibt es nur Söhne von reichen Eltern, die zu dumm für eine normale Schule sind. Na ja, mein Vater ist auch reich. Als ich nach diesem Unfall aus dem Krankenhaus entlassen wurde, sind wir hierher gezogen, damit ich mich am Wochenende und in den Ferien frei bewegen kann. Nein, mit den Jungen in der Schule habe ich keinen Kontakt. Ich bin Klassenbester, und das können sie nicht vertragen. Sie machen mich nach, wenn sie meinen, daß ich nicht in ihrer Nähe bin. Dann hinken sie oder ziehen einen schiefen Mund."
PePe steht auf und geht ein paar Schritte hin und her, dann bleibt er plötzlich vor Remco stehen.
„Wie lange hast du das Boot schon?"
„Seit heute morgen, Irene hat es mir geschenkt", antwortet Remco.
„Ist es neu?"
„Ja", sagt Remco erstaunt. „Es war ein Angebot in einem

Spielwarenladen in der Stadt. Am Nachmittag waren wir noch kurz dort, weil mit der Bedienung nicht alles klar war. Warum willt du das wissen?“
„Ich denke, daß ich dir vertrauen kann“, sagt PePe.

# 7

„Wissen sie, daß du weggegangen bist?“ fragt PePe, nachdem er wieder neben Remco auf dem Baumstamm Platz genommen hat.

„Nein, ich habe so getan, als ob ich ins Bett gehen wollte. Ich schlafe über ...“

„Über der Garage, das weiß ich, ich habe dich gestern abend am Fenster gesehen, als du den Vorhang zugezogen hast. Heute morgen hast du von da aus nach draußen geschaut, die Umgebung schien neu für dich. Ich habe ein gutes Fernglas, denn ich muß alles genau beobachten.“

„Ah, und du denkst also, daß du mir vertrauen kannst.“

„Ja, heute morgen hatte ich schon vor, dich so schnell wie möglich zu erreichen, aber da wußte ich noch nicht, daß es so einfach sein würde.“

„Wieso?“

„Ich war einfach baff, als ich dich heute morgen mit deinem Vater ans Wasser kommen sah und du dieses Boot in den Händen hieltest.“

„Das verstehe ich nicht, ein Boot am Wasser ist doch nichts Ungewöhnliches. Warum warst du erstaunt?“

„Sicher, so gesehen hast du recht, aber du weißt ja nicht alles ...“

„Was denn?“

PePe beugt sich nach vorn, stützt die Arme auf die Oberschenkel und läßt die Hände zwischen den Knien baumeln. „Hör jetzt gut zu. Du sollst aber zwischendurch nichts fragen. Du darfst mich nicht ablenken. – Wieviel Uhr ist es?“ Er drückt auf einen Knopf an seiner Uhr und das Zifferblatt leuchtet auf.

„Zweiundzwanzig Uhr fünf, fünf nach zehn. Wenn meine Theorie stimmt, dauert es noch fünfundzwanzig Minuten.“

„Fang schon an, du machst mich neugierig“, drängt Remco.

PePe seufzt wie bei einer schweren Entscheidung, und dann legt er los:

„Ich habe dir ja schon gesagt, daß ich mich Fremden nicht gern zeige. Vor zwei Wochen, auch am Samstag, sollte mein Vater von einem Geschäftsfreund und seiner Frau Besuch bekommen. Also verschwand ich. Das Wetter war schön, es war der letzte Abend nach der Sommerzeit. Mir stank alles, ich fühlte mich allein und dachte wieder mal, daß ich ein miserables Leben führe. Wenn ich mich so fühle, ziehe ich mich meistens hierher zurück. Hier, fast am Ende der Landzunge, habe ich bei einer kleinen Lichtung ein Versteck. Die Sträucher, die ich vor vier Jahren dort gepflanzt habe, sind jetzt so hoch und dicht, daß mich dort niemand sehen kann. Aber ich kann von da aus zwischen den Sträuchern alles gut beobachten. Ich sehe genau, ob jemand vom Land oder vom Wasser aus auf mich zukommt. Es gibt solche Idioten, die meinen, mit ihrem Schiff überall anlegen zu können.

Also, es war sehr ruhig an diesem Abend. Es war ganz düster, obwohl die Nacht nicht richtig dunkel war. Der Besuch meiner Eltern war noch immer nicht weg. Ich hatte gerade vor, trotzdem zurückzugehen und mich in mein Zimmer zu schleichen, als ich etwas hörte. Es war ein hohes Summen, das immer näher kam. Zuerst konnte ich das Geräusch nicht einordnen, aber ich war sicher, es vorher schon mal gehört zu haben. Ich stand auf und sah einen weißen Streifen auf dem Wasser. Es war das Kielwasser von einem ähnlichen Boot wie du eins hast. Es kam auf die Ecke der Landzunge zu, fuhr mal nach links, mal nach rechts, und dann steuerte es plötzlich geradeaus das Rasenstück von Irene Verhulst an. Als es dort angekommen war, sah ich zwei kurze Signale mit einer Taschenlampe.

Darauf wurde die Taschenlampe auf die Erde gelegt, und ich konnte im Lichtschein das Boot sehen. Ich sah ein Paar Hände, die daran herumfummelten. Dann wurde die Lampe ausgeknipst und ein oder zwei Minuten später gab es wieder ein Lichtsignal, kurz–lang–kurz, und das Boot fuhr weg – geradeaus in den See. Lange Zeit danach kam dann ein Signal vom anderen Ufer. Zwei kurze Blitze. Ich hatte ..."

„Wie breit ist der See hier?" fragte Remco.

„Du solltest nichts fragen", antwortet PePe, „aber das hatte ich mir auch schon überlegt. Ich habe es mit Hilfe einer Landkarte ausgerechnet, daß von Irene Verhulsts Rasen bis zum Dorf auf der anderen Seite fast zweieinhalb Kilometer liegen."

„Könnte ich auf diese Entfernung mein Boot noch steuern?"

„Nein", sagt PePe bestimmt. „Ein Kilometer ist wirklich das Äußerste, und das nur bei ruhigem Wetter. Und dabei darf nicht einmal etwas zwischen Boot und Sender sein: keine Landzunge, kein Ruderboot oder so etwas. Aber wenn es auf beiden Ufern des Sees Sender gibt, die auf den Empfang im

Boot abgestimmt sind, dann müßte man irgendwo mitten auf dem See die Steuerung übernehmen können, bestimmt wenn man die Antennen der Sender und auf dem Boot verlängert. Das schafft man leicht, wenn man etwas geschickt ist."

„Hast du beobachten können, wer auf Irenes Rasen war und das Boot aus dem Wasser holte?"

„Nein, ich hatte nicht einmal mein Fernglas dabei. Das hätte allerdings auch nicht viel geholfen, denn diese Person hielt das Licht von sich abgewendet. Ich bin mir aber sicher, daß es nur eine Person war. Wären sie zu zweit gewesen, dann hätte ja einer die Lampe halten können, aber die lag im Gras."

„Was hast du anschließend gemacht?" fragt Remco.

PePe läßt das Zifferblatt seiner Uhr kurz aufleuchten.

„Nichts", sagt er. „Von der Spitze der Landzunge bis zu dem Rasen sind es bestimmt vierhundert Meter. Mit meinem Hinkefuß brauche ich dafür mindestens zehn Minuten, das durfte ich nicht riskieren, also blieb ich die ganze Nacht. Am nächsten Abend habe ich bis halb zwölf Ausschau gehalten, aber es passierte nichts. Montag früh hat mein Vater mich wieder zur Schule gebracht, und als ich am Freitag abend wieder zu Hause war, war immer noch nichts los. Aber am Samstag geschah es wieder. Zuerst kam ein Signal vom Rasen, kurz-lang-kurz. Vom anderen Ufer gab es zwei kurze Antwortblitze. Fünf Minuten später kam das Boot. Ich hatte mein Fernglas dabei, aber ich konnte nichts von Bedeutung sehen. Am Sonntag abend blieb es ruhig, auch gestern passierte nichts, aber vielleicht ist heute abend etwas los. Komm mit!"

PePe geht vor ihm am Waldrand entlang. An der Stelle, wo sie sich vor knapp einer Stunde zum erstenmal getroffen hatten, bleibt er stehen.
„Hier müssen wir uns unter den Sträuchern verstecken“, flüstert er. „Pst, ab jetzt dürfen wir kein Wort mehr sagen!“
Mucksmäuschenstill liegen sie nebeneinader. Remco spürt, wie die Feuchtigkeit vom Waldboden in seine Hose zieht. Dünne Nebelschwaden hängen über dem Wasser. Ob jemand es wagen wird, ein Boot bei der schlechten Sicht über den See zu schicken? Man könnte leicht die Richtung verfehlen.
Aber da sieht er das Lichtsignal: kurz–lang–kurz. Es kommt von dem Rasenstück, wo er sein eigenes Boot heute ins Wasser gesetzt hat.

PePe atmet tief. Remco stellt fest, daß er das Signal auch gesehen hat.
Wer kann das sein? Wer wählt diese Stelle, um am Samstag abend im Dunkeln ein geheimnisvolles Boot über den See hin und her zu schicken? Irene? Sein Vater? Ein Fremder? Sollte Irene etwas Geheimnisvolles mit einem ferngesteuerten Boot vorhaben?
Hatte sie ihm so ein Boot geschenkt, um seine Aufmerksamkeit abzulenken?
Von Irenes Haus kommt man leicht über den kleinen Weg zum Rasenstück. Aber wer außer ihr kann das wissen? Oder gibt es noch einen anderen Weg? Das muß er später PePe fragen. Warum schickt jemand im Dunkeln ein Boot hin

und her? Er spürt PePes Hand auf seiner Schulter, und dann hört er es auch selbst: Da kommt das Boot. Durch das hohe Schilf hindurch können sie das Wasser nicht sehen, aber sie hören, wie das Boot mit großer Geschwindigkeit näherkommt und dann langsam die Geschwindigkeit verringert. Kurze Zeit später sehen sie zwei kurze Lichtblitze, das Zeichen, daß das Boot angekommen ist. Zwischen den Sträuchern, die um den Rasen herumwachsen, leuchtet ein fahles Licht.

Dann kommt erneut das Signal, kurz-lang-kurz, und er hört, wie das Boot wieder abfährt.

Was könnte man auf diese Weise transportieren? Es könnte nur etwas Kleines sein. Drogen, fällt ihm ein, Heroin oder so was. Jemand schickt den Stoff in diese Richtung, und der Empfänger schickt das Geld zurück.

Oder andersrum: Das Geld kommt zuerst nach hier, und dann geht der Stoff zurück. Das ist ja eine ganz schlaue Art zu schmuggeln.

Doch dann bemerkt er, wie dumm seine Überlegung ist, und er seufzt. Man schmuggelt doch nur, wo es eine Grenze gibt, und dieser See liegt mitten im Land.

„Komm“, flüstert Pepe neben seinem Ohr.

Hintereinander gehen sie zu dem umgestürzten Baum zurück.

„Wenn du nicht gekommen wärst, hätte ich hier heute abend allein auf der Lauer gelegen“, sagt Pepe leise. „Es gibt nur zwei Möglichkeiten, trockenen Fußes zum Rasen zu gelangen, entweder am Haus von Irene Verhulst vorbei oder aber über den Weg am Wasser entlang, den du gekommen bist.

Aber dieser Weg ist ausgeschlossen, denn wer hier vorbeikommt, muß zuerst an unserem Gartentor vorbei, und dann hätte bestimmt einer unserer Hunde angeschlagen. Derjenige muß also aus eurer Richtung gekommen sein."
„Aber warum? Ich habe an Schmuggler gedacht, aber ..."
„Ich auch", sagte PePe.
„Aber man braucht doch nicht innerhalb eines Landes zu schmuggeln."
„Nein, aber ich habe schon mal gelesen, daß die Drogenhändlerbosse sehr vorsichtig sind. Wenn jemand sie kennt, kann er sie auch verraten. Es könnte ein Teilstück des Wegs sein, auf dem Drogen transportiert werden."
Schweigend schauen sie vor sich hin.
„Du hast gesagt, daß ich dir helfen soll. Was hast du damit gemeint?" fragt Remco plötzlich.
PePe federt hoch.
„Zuerst wollte ich alles allein erledigen, aber als ich dich heute morgen beobachtete, habe ich meine Pläne geändert. Ich mußte nur herausfinden, ob ich dir vertrauen kann. Und ohne es zu wissen, hast du mir die Chance gegeben, mein Gerät zu testen. Zu zweit können wir bestimmt mehr erreichen als ich allein. Du warst sicher sehr erstaunt, als dein Boot am Nachmittag einfach verschwand?"
„Ich dachte, ich hätte es zu weit fahren lassen und daß ich es deshalb nicht mehr steuern könnte."
Remco erzählt lieber nicht, daß er mit Tränen in den Augen zur Landzunge gelaufen war.
„So war es nicht. Ich habe das Boot einfach übernommen, denn meine Fernsteuerung ist stärker als deine. Ich habe im-

mer schon gern gebastelt. Das ergibt sich so, wenn man viel allein ist. Ich besitze ein paar ferngesteuerte Autos, die haben genau solche Sender wie dein Boot. Auch habe ich ein CB-Funkgerät."

„Was ist das?"

„Man nennt es auch ‚Walkie-Talkie', es ist ein tragbares Funksprechgerät. Diese zwei Geräte habe ich zusammenmontiert und die Ersatzbatterie meines Vaters aus der Garage stibitzt. Du weißt, daß solche Boote auf eine bestimmte Frequenz abgestimmt sind."

Remco nickt.

„Alle befinden sich im Bereich von 27 Megaherz. An meinem Gerät befindet sich ein Schieber, mit dem ich die Frequenz regeln kann. Die Frequenz von deinem Boot erwischte ich schnell, also muß es auch bei dem geheimnisvollen Boot klappen. Ich möchte es zu meinem Versteck an der Spitze der Landzunge holen, dort wo ich auch dein Boot heute hingelockt habe. Es muß ja nicht lange dauern. Ich möchte nur sehen, was da transportiert wird. Vielleicht bemerkt die Person bei euch dort zwischen den Bäumen nicht mal, daß der Kontakt kurz unterbrochen wird. Für dieses Unternehmen muß es richtig dunkel sein, außerdem sollte es etwas Wind geben, damit man den Motor nicht so gut hören kann. Nächsten Samstag muß es passieren. Bist du dann auch hier?"

Remco nickt.

„Ich wollte sowieso fragen, ob ich die ganzen Herbstferien hier verbringen darf."

„Toll."

„Und was muß ich dann machen?“
„Du sollst früh ins Bett gehen, um neun Uhr ungefähr, und dann alles ganz genau beobachten. Dein Zimmer über der Garage ist dafür der beste Platz, den wir uns wünschen können. Vielleicht kannst du dann sehen, wer diese Person am See ist.“

# 8

„Guten Morgen. Gut geschlafen?" begrüßt Irene ihn, als er in die Küche kommt. „Deine Hose ist ja ganz schmutzig! Was hast denn du angestellt?"
„Ich war schon am Wasser. Ich bin ganz früh aufgewacht, alles war noch ganz ruhig hier. Da habe ich mein Boot ein paar Runden fahren lassen."
Das hatte er gestern mit PePe abgemacht, aber das braucht Irene ja nicht zu wissen. Sobald es hell wurde, ist er aufgestanden und zum Wasser gegangen. Nur der Form halber nahm er das Boot mit und ließ es etwas fahren. Er schickte es auch ein paarmal zu der Stelle, wo die beiden Landzungen aufhören. Inzwischen suchte er nach Spuren, die der Unbekannte gestern abend vielleicht hinterlassen haben könnte. Aber es war nichts zu entdecken.
Auf dem Rückweg schaute er, ob im hohen Gras neben dem kleinen Weg etwas zu finden sei. Während der ganzen Sucherei spürte er wieder seine Angst von gestern, als er sich nach dem Treffen mit PePe nach Hause geschlichen hatte. Er war am Wasser entlang bis kurz vor den Weiden und Sträuchern am Rasen gegangen, zuletzt immer langsamer und mit gespitzten Ohren, denn vielleicht hielt diese Person sich noch in den Sträuchern versteckt. Ob sie wohl lange genug gewartet hatten, dem Unbekannten Gelegenheit zu geben, das Grundstück zu verlassen? Vielleicht waren sie zu schnell aus

ihrem Versteck gekommen, nachdem das Boot zurückgefahren war, und hatten sich dadurch verraten.
Schritt für Schritt ging er an den Sträuchern vorbei und hatte Angst, daß jeden Moment eine Hand herausragen und ihn am Fußgelenk packen könnte. Aber er erreichte den kleinen Weg, ohne daß etwas passierte. Auf dem ganzen Heimweg hatte er gut aufgepaßt, keinen Schritt außerhalb des Weges zu machen.
Die Außenbeleuchtung war schon aus, auch im Haus war alles dunkel. Ganz leise war er zum Seiteneingang der Garage gegangen, hatte die Tür auf- und gleich hinter sich wieder zugeschlossen. Drinnen hatte er eine Weile ganz still gestanden, die Stirn an die Tür gelehnt. Sein Herz hatte wild geklopft, obwohl er sich endlich wieder sicher gefühlt hatte. Im Dunkeln hatte er Stiefel und Jacke ausgezogen und sich zur Treppe vorgetastet. Auch oben hatte er kein Licht gemacht; seine Augen hatten sich im Laufe des Abends so sehr an die Dunkelheit gewöhnt, daß er auch ohne Licht das Gitter zusperren, sich ausziehen und ins Bett finden konnte.
Er konnte heute morgen keine Spuren im Gras entdecken, obwohl er jeden Meter links und rechts vom Weg genau untersuchte. Also muß der Unbekannte den Durchgang zwischen Haus und Garage benutzt haben. Ob jemand außer Irene oder seinem Vater das wagen würde?

„Du bist so ruhig, ist was?“ fragt Irene.
„Nein, oder ja, eigentlich doch. Ich überlege gerade. Nächste Woche sind ja Herbstferien. Dürfte ich dann wieder herkommen?“

Irene schaut ihn kurz an, mit der rechten Hand fährt sie leicht über die Haare neben ihrem Gesicht. „Von mir aus schon, aber was meint deine Mutter dazu?"
„Sie kann keinen Urlaub nehmen, also wäre ich die ganzen Ferien allein zu Haus."
„Am Wochenende hat sie aber frei. Du könntest ihr doch dann Gesellschaft leisten und am Montag morgen herkommen. Deine Mutter ist bestimmt auch nicht gern allein am Wochenende."
Er merkte, wie nichts aus seinen Plänen wurde, dabei hatte er doch PePe fest versprochen, am Samstag abend hier zu sein.
„Ich möchte lieber wieder am Freitag abend kommen. Meine Mutter ist am Wochenende immer so müde. Sie liegt den halben Tag im Bett, da sie dann gern ausschläft."
„Ich werde mit deinem Vater darüber sprechen. Gefällt es dir hier so gut?"
Er nickt.
„Schläft er noch?"
„Nein, er ist im Badezimmer, er wird gleich kommen, dann können wir frühstücken."
Sie steht auf und geht zum Küchenschrank. Im Vorbeigehen legt sie kurz ihre Hand auf seinen Kopf. Er mag das.

„Vic", sagt Irene, als sein Vater hereinkommt, „Remco möchte die ganzen Herbstferien hier verbringen. Seine Mutter würde nichts dagegen einwenden. Was meinst du dazu?"
Sein Vater schaut auf die Uhr.

„Ich werde Marianne nachher anrufen“, sagt er. „Es ist jetzt noch zu früh, am Sonntag schläft sie meistens bis gegen zwölf.“
„Kann ich dann wieder am Freitag kommen? So wie gewohnt um kurz vor halb zehn am Roten Hirschen?“
Es darf jetzt kein Mißverständnis geben. Sein Vater muß einsehen, daß das Wochenende auch zu den Herbstferien gehört.
„Was heißt hier ‚wie gewohnt‘? Es wäre erst das zweite Mal. Aber – ich bin in dieser Woche jeden Tag unterwegs. Am Mittwoch und Donnerstag bin ich in Limburg, da übernachte ich dann auch in einem kleinen Hotel.“
„Geh aber nicht wieder zur Eröffnung einer Bilderausstellung“, sagt Irene und fährt mit der Hand durch die frisch gekämmten nassen Haare seines Vaters. „Um uns brauchst du dir keine Sorgen zu machen. Wir schaffen es auch ohne dich, nicht wahr, Remco?“

So hat er noch nie gefrühstückt, schon gar nicht am Sonntag morgen bei seiner Mutter. Da macht er sich am Küchenschrank ein paar Brote mit Erdnußbutter und ißt die dann in seinem Zimmer.
Irene hat den Tisch gedeckt. Es gibt Orangensaft und Milch, dazu Toastbrot, und er kann sich aussuchen, ob er ein gekochtes oder ein gebackenes Ei mit Speck möchte.
„Am Sonntagmorgen machen wir es uns gemütlich“, sagt Irene.
„Der Sonntag ist unser einziger wirklich freier Tag, denn am

Samstag muß immer noch so viel erledigt werden: Einkäufe, der Garten ..."
„Du mußt aber doch während der Woche nicht immer arbeiten, oder?"
„Das stellst du dir so vor, aber so ist es nicht. Ich bin zwar freiberuflich, aber wenn ich auf Anregungen warten würde, dann gäbe es nie etwas. Nein, ich bin jeden Tag mit Malen und Zeichnen beschäftigt, sowohl draußen wie auch hier im Atelier."
Am Wasser, denkt er, nackt und mit Männern, die dich durch ein Fernglas beobachten.
Von seinem Platz aus kann er die Seitentür der Garage sehen. Das Stück zwischen Küche und Garage hat Kopfsteinpflaster, unter dem Küchenfenster stehen zwei große, runde Blumenkübel.
„Wart ihr gestern abend noch draußen?"
Sein Vater und Irene schauen sich an und überlegen. Dann schütteln beide langsam den Kopf.
„Nein", sagt Irene, „ich glaube nicht, daß wir noch einen Schritt vor die Tür gemacht haben. Warum fragst du?"
„Ich habe heute nacht etwas gehört. Jemand versuchte, ganz leise zu sein, aber mein Dachfenster war geöffnet."
„Wie spät war das?" fragt sein Vater mit ernstem Gesicht.
„Das weiß ich nicht. Es war ganz dunkel. Ich wollte kein Licht machen."
„Ich habe dir schon mal gesagt, daß ich nachts manchmal etwas zu hören meine", sagt Irene zu seinem Vater.
„Dann müssen wir uns ernsthaft überlegen, ob wir uns einen Hund anschaffen. Der Gedanke, daß du hier den ganzen Tag

und manchmal auch nachts allein im Haus bist, ist nicht sehr beruhigend."
„Ach was, ich habe hier noch nie Angst gehabt."
„Auf alle Fälle bin ich froh, daß Remco hier ist, wenn ich in Limburg übernachten muß."
Remco setzt sich gerade hin, streckt die Brust heraus und trommelt mit beiden Fäusten darauf.
„Ich werde sie beschützen", sagt er mit tiefer Stimme.
„Angeber", sagt Irene, „schau erst einmal, daß du Muskeln bekommst."
„Köpfchen haben bringt mehr als Muskeln", antwortet er schlagfertig.
Sein Vater kann darüber nicht lachen, er sieht nachdenklich aus.

Ein Glück, daß er am Freitag nachmittag sein Federmäppchen in seine Reisetasche geworfen hatte. Jetzt hat er zumindest etwas zum Schreiben dabei und außerdem Klebeband. In der Garage fand er zwischen alten Zeitungen ein Stück braunes Packpapier. Er hat nur keine Folie, um seine Nachricht gegen Wasserspritzer zu schützen.
Um halb zwei muß er sein Boot losschicken. Das wurde gestern mit PePe so ausgemacht und es war gar nicht einfach, die Verabredung einhalten zu können.
Heut morgen saßen sie lange am Frühstückstisch, niemand hatte es eilig, bis Irene dann plötzlich fragte, ob es allen recht sei, um ein Uhr zu Mittag zu essen. Das versetzte ihn leicht in Panik, denn er mußte ja um halb zwei wieder am Wasser sein. Was sollte er machen?

„Wann fährt mein Bus?“ fragte er schließlich.
„Fünf nach fünf.“
„Dann bin ich gut zwei Stunden unterwegs. Ist es dann nicht besser, wenn wir erst um drei Uhr essen? Ich habe jetzt noch gar keinen Hunger, weil ich so viel gefrühstückt habe.“
„Ja, Speck und Eier sättigen sehr“, kam ihm sein Vater unerwartet zu Hilfe.
„Ich packe jetzt schon mal meine Tasche und richte mir eine saubere Hose, anschließend möchte ich noch eine Weile an den See.“

Er steuert sein Boot weit auf den See hinaus und schaut währenddessen zur linken Landzunge rüber. Er hat noch eine Stunde, bis PePe seine Nachricht erwartet. Ob er schon in seinem Versteck hockt? Zwischen den dichten Sträuchern fast am Ende der Landzunge müßte das Versteck sein. Er fragt sich, ob PePe wirklich so furchtbar aussieht, wie er selbst behauptet. Vielleicht denkt er es auch nur.
Auf der linken Landzunge bewegt sich nichts, rechts ebensowenig. Ob er dort wirklich nicht hinkommen könnte? Während er sein Boot so langsam wie möglich neben sich herfahren läßt, geht er ganz nah am Wasser entlang nach rechts. Er hat noch keine fünfzig Meter zurückgelegt, als er durch Schilf und andere Wasserpflanzen an eine kleine Bucht kommt. Hier kann er nicht weiter, er muß wieder landeinwärts. Er schaut zu Irenes Haus hinüber, in dessen großen Fenstern sich die Wolken spiegeln, so daß man nicht sehen kann, ob jemand im Wohnzimmer sitzt. Er verfolgt den Weg am Wasser weiter. Ab und zu sinken seine Stiefel tief ins Gras ein, das

bis ins Wasser wächst. Sein Boot! Erschrocken rennt er zurück zum See und sieht, daß sein Boot fast die Spitze der rechten Landzunge erreicht hat.
Er steuert es in eine große Kurve nach links und holt es langsam, während er selbst zum Rasenstück zurückgeht, ans Ufer. Wenn er sich nacher mit PePe verständigt hat, möchte er noch einmal dorthin zurück, nur aus Neugierde, um zu schauen, wie weit die Bucht ins Land reicht.
Bevor er sich bückt, um unter den Sträuchern hindurch zum Rasen zu gelangen, schaut er noch einmal vorsichtig um sich. Es ist niemand zu sehen. Er holt sein Boot aus dem Wasser und legt es neben den Sender ins Gras. Genauso muß es der Unbekannte gestern abend gemacht haben.
Obwohl es noch etwas früh ist, könnte er eigentlich jetzt schon die Nachricht schreiben und ans Boot heften. Das Boot kann er dann langsam auf dem Wasser hin und her fahren lassen. Sollte sein Vater oder Irene auf die Idee kommen, mal nach ihm zu sehen, dann könnte er schlecht einen Zettel schreiben.
Er geht in die Hocke und schreibt auf das Packpaier:

ZU HAUSE ALLES O.K.
HERBSTFERIEN O.K.
KEINE SPUREN.

R.

Er faltet den Zettel zweimal und hofft, daß die Buchstaben so noch lesbar sein werden, selbst wenn das Papier naß werden sollte. Dann klebt er ihn gegen die Rückseite der Kajüte und

setzt das Boot wieder ins Wasser. Nicht weit von PePes Versteck läßt er es in Kreisen fahren. Um halb zwei genau weicht das Boot vom Kurs ab und verschwindet hinter der Spitze der Landzunge.
Ungefähr fünf Minuten später kommt es wieder zum Vorschein. Nächste Woche darf das nicht so lange dauern, aber dann schaut PePe auch nur ganz kurz, er will ja nur sehen, was transportiert wird, und braucht keine Antwort zu schreiben.
Ohne daß er die Hebel seiner Fernsteuerung berührt, kommt das Boot genau auf ihn zu. PePe möchte ausprobieren, ob sein Sender auch auf größere Entfernung präzise funktioniert. Das hatten sie so verabredet. Remco braucht gar nichts zu tun.
Sein Boot wird langsamer und bleibt im Abstand von einem Meter Entfernung vor dem Ufer im Wasser liegen. Von da aus muß Remco selbst steuern, denn PePe kann diese Stelle von seinem Versteck aus nicht gut sehen.
Er hebt das Boot aus dem Wasser. PePe hat seine Nachricht in eine Folie gepackt, die Remco sofort aufreißt.

NOCH NICHTS PASSIERT.
ERWARTE NÄCHSTE NACHRICHT
SAMSTAG 10.00 UHR.
JETZT KEINE WEITEREN KONTAKTE.

P.

Remco streift mit seinen Augen über die Landzunge. Ist PePe schon unterwegs nach Hause oder hockt er noch in seinem

Versteck? Er hebt die Hand hoch, aber es kommt keine Antwort. Er steckt den Zettel und die Folie in die Innentasche seiner Jacke, nimmt das Boot unter den Arm, den Sender in die Hand und geht zur Bucht auf der rechten Seite.

Seine Mutter war zum Glück gleich einverstanden gewesen, als sein Vater mit ihr telefoniert hatte. Es war nur ein kurzes Gespräch gewesen, aber heute Abend wird sie von ihm wohl mehr über Irene wissen wollen.

Er geht am schaumigen Ufer der Bucht entlang, die ihn in einem Bogen bis kurz vor Irenes Garage führt. An dieser Stelle wird die Bucht zu einem breiten Kanal. Zwischen dem Kanal und der Garage wachsen dichte Sträucher. Will jemand zu Irenes Rasen gelangen, dann muß er den Weg zwischen Haus und Garage nehmen oder auf der anderen Seite am Haus vorbeigehen. Aber heute morgen waren keine Spuren im Gras.

# 9

Diesmal ist es ein anderer Fahrer, aber er fährt genauso schnell über die kurvige Straße. Remco ist der einzige Fahrgast. Er hat sich auf die vorderste Bank rechts gesetzt, damit er durch die Windschutzscheibe gucken kann. Er sieht das gebündelte Licht der Scheinwerfer in den Kurven über das Land streifen, über die Wiesen und Rinder, über die Maisfelder und ab und zu über ein Haus oder einen Hof. Dann und wann hält der Fahrer an einer Haltestelle in einem kleinen Dorf und wartet dort.

„Ich muß mich an den Fahrplan halten", sagt er beim ersten Mal zu Remco. „Wenn ich zu früh wegfahre, könnte jemand den Bus verpassen, und dann gibt es Theater."

Der Asphalt glänzt im Licht der Scheinwerfer, die großen Scheibenwischer kriechen langsam und mit Pausen über die Scheiben. Ob PePe auch bei diesem Wetter in seinem Versteck hockt, um abzuwarten, ob an diesem Freitag abend schon etwas passiert? Das wird er erst morgen um genau zehn Uhr erfahren. Und vielleicht wissen sie morgen abend endlich etwas mehr.

„Beim Roten Hirschen hast du gesagt, nicht wahr?" fragt der Fahrer.

„Ja."

„Mußt du zu dieser Kneipe?"

„Nein, mein Vater wohnt am Wasser, nicht so weit weg von dort.“
„Das dachte ich mir schon“, sagt der Fahrer wieder. „Beim Roten Hirschen ist in den letzten Jahren nicht viel los. Früher war es ein vornehmes Restaurant, die Leute kamen manchmal von weit her, um dort zu essen. Jetzt hängen nur ein paar Saufbrüder an der Theke rum. Und wenn man den Bauch vom Wirt anschaut, dann sieht man, daß er auch einiges vertragen kann. Wirst du dort abgeholt?“
„Ja, mein Vater müßte mit dem Auto da sein.“
Er freut sich schon auf Irenes großes, weißes Zimmer. Eigentlich hat er sich im Verlauf dieser Woche auch immer stärker auf Irene selbst gefreut. Seine Mutter hatte die ganze Woche schlechte Laune. Schon auf dem Bahnhof fing sie an, ihn auszuhorchen. Was für eine Frau Irene sei. Wie sie aussehe. Womit sie ihr Geld verdiene. Wie sie dort wohne, und ob sie vorher allein dort gewohnt habe. Dann müßte sie eigentlich so etwas wie ein Mannweib sein, und genau das brauche sein Vater. Je häßlicher seine Mutter über Irene, die sie ja gar nicht kannte, sprach, desto mehr verteidigte er sie. Er sagte, daß sie eine hübsche Frau sei, die schöne Bilder male. Immer wieder spürte er Irenes Hand auf seinem Kopf oder seiner Schulter, aber darüber sprach er nicht mit seiner Mutter. Seine Sehnsucht nach ihr, nach ihrer Hand auf seinem Kopf und nach der Ruhe, die sie ausstrahlte, war aber immer stärker geworden.
„Die nächste Haltestelle ist der Rote Hirsch“, sagt der Fahrer. Er schaut auf seine Uhr. „Ich bin schon wieder ein paar Minuten zu früh.“

An der Haltestelle steht ein kleines, rotes Auto. Als der Bus sich nähert, wird die Autotür weit geöffnet, und Irene steigt aus.
„So, so, du sagtest doch, dein Vater wohne hier irgendwo in der Nähe. Dann ist das bestimmt deine Stiefmutter?"
Er brummt etwas Undeutliches zurück. Stiefmütter sind Hexen, diese Frau aber ist Irene. Die Hosenbeine ihrer Jeans hat sie in grüne Regenstiefel gesteckt, sie trägt ein dunkelblaues Sweatshirt, keine Jacke.
Als der Bus neben ihrem Auto anhält, wartet sie schon am Ausgang. Remco wartet, bis die Tür aufgeht. Hinter der Scheibe ist ihr lachendes Gesicht sehr nah. Dann streckt sie ihre Arme nach ihm aus und hebt ihn samt Tasche aus dem Bus. Sie küßt ihn.
„Schön, daß du wieder da bist. Dein Vater rief an, daß ich dich abholen sollte. Er wurde unterwegs aufgehalten. Ich finde, daß er viel zuviel arbeitet."

„Da kommt er", sagt Irene, als die Seitenwand der Garage plötzlich hell beleuchtet wird. „Ich werde Kaffee machen, nach so einem Tag hat er bestimmt Lust darauf."
Sie sitzen in der Küche. Remco hatte die Tasche in sein Zimmer gebracht und dabei kurze Zeit im Lichtschein vor dem Fenster gestanden, bevor er den Vorhang zuzog. Wenn PePe in seinem Versteck hocken würde, müßte er ihn gesehen haben.
Als er wieder in der Küche saß, stellte Irene ihm ein großes Stück Apfelkuchen hin. Ob seine Mutter es wirklich nicht

schlimm finde, das ganze Wochenende allein zu verbringen, wollte sie wissen.
Jetzt geht sie in die Waschküche, macht die Außenbeleuchtung an und schließt die Tür auf. Durch das Küchenfenster sieht er, wie sie zur Vorderseite der Garage geht. Eigentlich sollten sie immer die Außenbeleuchtung anmachen und die Küchenvorhänge auflassen, überlegt er, dann würde ein Unbekannter sich nicht so leicht auf den Weg zwischen Haus und Garage trauen. Er hört, wie sein Vater und Irene miteinander reden, auf einmal lacht sie und ruft:
„Deshalb bist du so spät! Ist der süß! Remco, schau mal!"
Er geht nach draußen. Neben dem Auto seines Vaters kauert Irene, sein Vater steht hinter ihr.
„He, Papa", sagt er, und dann hat auch er nur noch Augen für das schwarze Knäuel, daß er vor Irenes Knien sieht. Ein kleiner Hund wedelt so kräftig mit dem Schwanz, daß sein ganzer Körper sich mitbewegt. Es ist ein wolliges kleines Tierchen mit einem viel zu großen Kopf und plumpen Füßen, das sich überraschend schnell und geschickt bewegt.
„Die Zähne sind aber scharf!" sagt Irene. „Wie alt ist er?"
„Zwölf Wochen", antwortet sein Vater.
„Ist es ein Rassehund?" fragt Remco.
„Aber sicher, ein Neufundländer. Ausgewachsen erreicht er ungefähr fünfundsiebzig Zentimeter Schulterhöhe. Dann hat Irene einen richtigen Beschützer im Haus."
„Vorläufig braucht allerdings niemand Angst vor ihm zu haben", sagt Irene, während sie aufsteht.
„Warte nur ab, der Züchter hatte eine Menge ziemlich eindrucksvoller Tiere dort rumlaufen, unter anderem auch die

Eltern dieses Tierchens. Sie brauchen nur zu bellen, und niemand wagt es, unerwünscht ins Haus zu kommen."
„Komm, laßt uns reingehen, der Kaffee wird schon fertig sein. Ich habe die Kaffeemaschine eingeschaltet, als ich dich kommen hörte."
Wedelnd folgt der kleine Hund Irene auf den Fersen.

„Es scheint so, als ob er sich jetzt schon hier zu Hause fühlt", sagt Irene, als sie in der Küche sitzen. Der kleine Hund ließ sich mit einem Plumps auf den Küchenboden fallen und schloß mit einem Seufzer die Augen.
„Wie heißt er eigentlich?" fragt sie.
„Du mußt dir noch einen Namen für ihn ausdenken", sagt sein Vater. „Im Laufe der Woche soll ich ihn dann dem Züchter mitteilen, dann kann sein offizieller Stammbaum fertiggemacht werden. Der Name soll allerdings mit einem ‚J' anfangen."
„Warum?"
„Das mußte ich mir auch vom Züchter erklären lassen. Alle Hunde aus dem ersten Wurf bekommen einen Namen mit dem Anfangsbuchstaben ‚A', alle aus dem zweiten Wurf einen mit ‚B' ... und dieser Hund stammt aus dem ‚J'-Wurf."
„Jasper", sagt Irene grübelnd, „Joris, Jakko."
„Nenn ihn Jan-Jaap", schlägt sein Vater lachend vor.
„JeJe", sagt Remco.
„Der Name gefällt mir! Das ist hübsch. Wie kommst du so plötzlich darauf?" will Irene wissen.
„Weil Papa Jan-Jaap sagte", schwindelt er etwas.
Irene kauert sich neben den kleinen Hund, der mit dem

Bauch flach auf dem Boden liegt, den Kopf zwischen den Vorderpfoten. Sie streichelt ihn über den Kopf.
„JeJe heißt du also jetzt."
Der Hund öffnet die Augen, ohne den Kopf hochzuheben. Die Schwanzspitze bewegt sich kurz hin und her, dann seufzt er und schließt die Augen wieder.
„Er ist müde, kann er heute nacht hier schlafen?" fragt sie.
„Nein", antwortet sein Vater. „Ich habe eine ganze Liste von Anweisungen bekommen. Er muß von Anfang an wissen, wo sein Platz ist. Ich glaube, daß nachts der beste Platz für ihn in der Waschküche auf einer alten Decke ist. Er ist noch nicht stubenrein, deshalb müssen wir den ganzen Boden mit Zeitungen auslegen. Nach ungefähr einer Woche reicht es, wenn wir nur einen Teil des Bodens auslegen, dann macht er sein Geschäft dort. Wenn wir nach einer Weile gar keine Zeitungen mehr ausbreiten, wird er warten, bis er raus darf."
„Dann muß Remco aufpassen, wenn er heute nacht oder morgen früh hereinkommt." Irene lacht.
„Ich kann auch draußen pinkeln."
„Und dann ist da noch etwas. Bis jetzt hat er bei seinen Geschwistern geschlafen, aber heute nacht ist er zum ersten Mal allein. Es kann sein, daß er ziemlich viel piepst und jault, was sich vielleicht sehr schlimm anhört. Aber wir dürfen nicht darauf eingehen, um so schneller ist es vorbei."
„Darf Remco ihn morgen zum Wasser mitnehmen?" fragt Irene.
„Nein", sagt sein Vater ganz bestimmt. „Er muß lernen, daß er zu dir gehört. Du mußt ihm zu essen und zu trinken geben, und anfangs darf er nur mit dir nach draußen gehen, hier aufs

Gras oder auch ans Wasser. Er muß lernen, Remco und mich als Menschen, die zu dir gehören, zu akzeptieren. Aber du mußt die wichtigste Person für ihn sein, denn dich muß er ja notfalls auch verteidigen."
Zum Glück, denkt Remco. Es ist zwar ein ganz süßes Tier, aber ich habe wahrscheinlich morgen keine Zeit, auch noch auf einen kleinen Hund aufzupassen.

## 10

Ab und zu weht der Wind ein paar dicke Regentropfen gegen sein Zimmerfenster. Es regnet nicht stark, aber er findet doch, daß es ihm in diesem Moment besser als PePe geht, der wahrscheinlich schon seit ein paar Stunden in seinem Versteck hockt, während er selbst hier in seinem Zimmer im Schlafanzug auf dem Boden liegt, das Kinn aufs Fensterbrett gestützt. Heute abend hatte er noch überprüft, ob er in dieser Lage auch wirklich nicht zu sehen sei. Schon bevor er zum Essen ins Haus rüberging, hatte er den Vorhang zugezogen und sein Kopfkissen zusammengerollt in die Ecke gelegt, wo er jetzt mit dem Kopf liegt. Um neun sagte er, daß er ins Bett wollte, ist aber zuerst noch ein kleines Stück auf dem Weg zum See runtergegangen, von wo aus er sich häufig umgedreht hat, um zu seinem Fenster hinüberzusehen. Aber das Kissen war nicht zu entdecken. Also mußte sein Kopf jetzt auch unsichtbar sein, jedoch mußte er ganz still liegenbleiben, und der Vorhang in seinem Nacken durfte sich nicht bewegen.
Er öffnete das Dachfenster einen Spalt, damit er den Unbekannten vielleicht auch kommen hören würde.

Eigentlich würde er es gar nicht bedauern, wenn heute abend nichts passierte. Er hat einen schönen Tag erlebt und ist jetzt müde. Am liebsten würde er ins Bett kriechen und schlafen, aber er hatte es PePe nun mal versprochen, heute morgen noch.

Um Viertel vor zehn war er mit seinem Boot zum See gegangen, um zehn vor zehn schickte er es mit einer Nachricht, dieses Mal behutsam in eine Butterbrottüte verpackt, los. Vorsorglich hatte er viele solcher Plastiktüten aus der Küchenschublade seiner Mutter mitgenommen.

HALLO, HIER BIN ICH.
HAST DU NEUIGKEITEN?
R.

Mit dieser Nachricht fuhr sein Boot auf dem See einige Kreise, bis PePe um Punkt zehn die Steuerung übernahm. Fünf Minuten später hatte er schon die Antwort in Händen:

KEINE NEUIGKEITEN. HEUTE ABEND
ALLES WIE ABGEMACHT. NÄCHSTER
KONTAKT MORGEN 10.00 UHR. SEI STARK.
HALTE DIE AUGEN OFFEN.
P.

Das war fast unmöglich. Er konnte nicht unauffällig vom Sonntagsfrühstück weggehen. Das würde ihnen komisch vorkommen, und sie würden Fragen stellen. Die Zeit mußte verändert werden.

NÄCHSTER KONTAKT MORGEN 11.30 UHR.
ERKLÄRUNG SPÄTER.
ERKÄLTE DICH NICHT.
R.

Die Antwort war kurz, aber deutlich:

O.K.
P.

Am Nachmittag hatte er fast vergessen, daß er am Abend Wache halten mußte und daß vielleicht spannende Dinge passieren würden. Vor dem Essen half er seinem Vater und Irene im Garten neben dem Haus und vor dem Wohnzimmer. Zwischen den großen Pflanzen mußte Unkraut gejätet werden, und danach wurde die Erde geschaufelt. Das paßte ihm gut. Wenn jetzt jemand dort gehen würde, könnte er es morgen früh gleich sehen.

Nach dem Essen gingen sie einkaufen, und als sie zurückkamen, sprang JeJe aufgeregt um ihre Füße.

„Wollen wir gleich einen Spaziergang mit ihm machen?" fragte Irene.

„Ja gut", sagte sein Vater. „Aber Remco muß versprechen, ihn nicht zu rufen. Vorläufig darf das keiner außer dir tun."

Hintereinander gingen sie über den kleinen Weg zum See. Der Hund war überall: vor und hinter ihnen und manchmal auch im hohen Gras neben dem Weg.

„Wird dieses Gras nie gemäht?" wollte Remco von Irene wissen.

„Dieses Grundstück ist Eigentum der Wassergenossenschaft, ebenso wie der See. Manche Stellen sind sumpfig, dort kann man nicht gehen, geschweige denn mit einer Mähmaschine oder einem Traktor fahren. Nur mit dem kleinen Stück bei den Bäumen am Wasser gehe ich so um, als ob es mir gehörte. Dorthin kommt nie jemand, die Stelle ist ja nur

von unserem Hof aus zu erreichen. Ab und zu mähe ich es selbst mit meiner Sense, weil ich dort so gern sitze."
„Machst du das wirklich selbst? Mit einer Sense?"
„Ja, das lernt man. Allerdings klappt es nicht so gut, doch ist mir das nicht so wichtig. Eigentlich ist es mir egal, so lange das Gras nicht zu hoch ist."
JeJe lief ans Wasser, blieb verdutzt davor stehen, schaute kurz zu Irene hoch, tauchte seine Schnauze ein, machte noch einen Schritt vorwärts, wobei er aber sofort wieder zurückschrak und das Wasser abschüttelte.
„So einen großen Trinknapf hat er noch nie in seinem Leben gesehen", sagte sein Vater lachend. „Aber daran wird er sich gewöhnen. Mir wurde erzählt, daß Neufundländer gern schwimmen."
Weit entfernt sah Remco einige Schiffe mit großen, weißen Segeln. Er hörte ein Motorboot, das er aber nicht sehen konnte; das Summen mußte von der anderen Seite der rechten Landzunge kommen.
„Mein Gott, ist das hier schön!" sagte sein Vater.
Auf beiden Landzungen war alles ruhig.
„Ich hole schnell mein Boot, ich komme gleich wieder."
Remco rannte zum Haus und zurück und setzte dann sein Boot ins Wasser, das er geradeaus in den See fahren ließ. Plötzlich machte es aber ohne sein Zutun einen scharfen Rechtskreis und setzte danach seinen Weg wieder fort, als ob nichts passiert sei. PePe war in seinem Versteck und wollte sich nur bemerkbar machen. Remco steuerte das Boot nach links und ließ es mit voller Kraft an PePe vorbeifahren.
„Du kommst schon gut zurecht", sagte Irene. „Bleibst du

noch etwas hier? Wir holen die Einkäufe aus dem Auto und fangen an, das Essen zu machen. In einer Stunde essen wir. Abgemacht?"
Er nickte und ließ sein Boot noch lange fahren, PePe gab aber kein Zeichen mehr von sich.

Remco hat seine Decke vor das Fenster auf den Boden gelegt und eine Hälfte über sich gezogen. Trotzdem spürt er den harten Boden. Alles tut ihm weh, weil er nicht wagt, sich zu bewegen. Außerdem friert er. Er möchte gern wissen, wie spät es ist, aber das Zifferblatt seiner Uhr leuchtet nicht. Um halb zehn hatte er das Licht ausgemacht und sich hier hingelegt. Es scheint schon eine Ewigkeit her zu sein.
Er erschrickt. Ein Lichtstrahl fällt auf den kleinen Weg und auf das Gras am Wegrand. Sofort darauf hört er, wie die Tür der Waschküche geöffnet wird, und er erkennt Irenes Stimme, die JeJe nach draußen lockt. Etwas später beobachtet er, wie sein Vater und Irene Hand in Hand den kleinen Weg heruntergehen. Der Hund bewegt sich wie ein schwarzes Knäuel vor ihren Füßen, bevor er plötzlich ins Gras taucht. Zehn Meter vor seinem Fenster hockt JeJe sich hin. Irene und sein Vater bleiben stehen und umarmen sich. Sie küssen sich. Sie vermuten ja nicht, daß sie beobachtet werden. Er kann auch nichts dafür, daß er ihnen von hier aus nachspioniert. Er muß auf seinem Posten bleiben.
Als JeJe zurückkommt, schlendern sie zum Haus zurück. Ihre Gesichter sind beleuchtet. Sie sprechen, aber so leise, daß er nichts verstehen kann. Vielleicht haben sie Angst, ihn zu

wecken. Er hört, wie die Waschküche geschlossen wird, und dann geht auch die Außenbeleuchtung aus.
Seine Augen haben sich noch nicht wieder an die Dunkelheit gewöhnt, als er den dunklen Schatten genau unter seinem Fenster vorbeischleichen sieht. Er kann nicht erkennen, ob es ein Mann oder eine Frau ist. Diese Person muß zwischen den Sträuchern neben der Garage gewartet haben, bis die Gefahr vorbei war. Vielleicht war sie noch keine drei Meter von der Stelle entfernt, wo er liegt. Es überläuft ihn kalt. Am ganzen Körper spürt er eine Gänsehaut.
Der Schatten schleicht so nah wie möglich an der Garage vorbei zum Weg und ist dabei einen Moment lang im schwachen Licht zu sehen. Das Licht in der Küche muß also noch an sein.
Es ist ein kräftiger Mann. Ganz kurz sieht Remco die Rückseite seiner grünen Stiefel, dann verschwindet der Schatten in der Dunkelheit des Weges.
Remco spürt, wie er am ganzen Körper zittert. Er hat Angst. Aber er liegt hier sicher in seinem Zimmer, während PePe dort draußen im Dunkeln auf der Landzunge sitzt. Was wird der Mann tun, wenn er bemerkt, daß das Boot nicht geradewegs zu ihm herüberfährt? Falls er dann zu der Stelle gehen würde, wo die schmale Landzunge anfängt, dann könnte PePe nicht mehr weg und wäre gefangen wie eine Maus in der Falle.
Wie lange braucht man, um die hundert Meter zum Wasser zu gehen? Oder muß der Mann dort noch warten, bis es genau halb elf ist? Remco fängt langsam an zu zählen. Er ist bei dreihundertsechsundsiebzig angelangt, als er die Lichtsigna-

le von der anderen Seite des Sees her über das Wasser aufblitzen sieht: zweimal kurz.
Jetzt also müßte das Boot von der anderen Seite wegfahren! Er fühlt sich eingesperrt. Er kann nichts hören, er kann fast nichts sehen. Der Himmel ist bewölkt und es regnet ein bißchen. Obwohl der Himmel und das Wasser etwas heller als das Ufer sind, kann er die Landzunge nicht erkennen. Ob das draußen am Wasser anders ist? Nur ganz weit weg ist der Himmel rötlich gefärbt, dort wo die Stadt sein muß.
Das Boot wird jetzt wohl unterwegs sein. Letztes Mal hat es fünf Minuten gebraucht. Langsam zählt er bis sechzig, dann noch einmal und noch einmal. Vielleicht sechs Minuten später sieht er tief über dem Boden zwischen den Sträuchern am Rasen ein schwaches Licht am Wasser. Das Boot ist angekommen, und der Mann untersucht die Ladung. Ob es PePe gelungen ist, seinen Sender auf die richtige Frequenz abzustimmen? Ob er das Boot abfangen konnte und jetzt weiß, was transportiert wird?
Remco hat Stielaugen bekommen. Er versucht, durch die Dunkelheit hindurchzuschauen. Trotzdem sieht er nichts. Auch zwischen den Sträuchern ist es dunkel. Vielleicht befindet sich das Boot schon auf der Rückfahrt; wenn alles klappt, mit einem kleinen Umweg um die Spitze der Landzunge.
Ihm bleibt nichts, als zu warten. Der Mann wird wohl ebenso warten, bis er von der anderen Seite das Zeichen dafür bekommt, daß das Boot angekommen ist. Wieder zählt er die Sekunden. Noch keine sechs Minuten später sieht er die zwei kurzen Blitze, die sagen, daß das Boot wieder angekommen

ist. Aber jetzt weiß nicht nur der Betreffende Bescheid, sondern auch PePe und er. Wenn es PePe auch auf dem Rückweg gelungen ist, das Boot abzufangen, dann hat das verdammt schnell geklappt. Falls alles gut gelaufen ist, dann weiß er jetzt mehr, während Remco noch bis morgen um halb zwölf warten muß, bevor er etwas erfahren wird.

Plötzlich, schon in der Nähe der Garage, kommt eine dunkle Gestalt aus der Dunkelheit hervor. Es ist ein Mann, da ist er sich jetzt sicher. Aufrecht und ganz langsam, als stünde er unter größter Spannung, kommt er näher. Sein Gesicht ist ein heller Punkt. Er bleibt stehen und horcht, geht dann weiter unter Remcos Fenster hindurch, wobei sein Kopf kaum ein Meter vom Fensterbrett, auf welches Remco in der äußersten Ecke sein Kinn aufstützt, entfernt ist. Der Mann trägt eine Mütze. Als er verschwindet, ist Remco sich nicht sicher, ob er die Blätter der Sträucher rascheln hört.

Erst als JeJe in der Waschküche zu jaulen anfängt, traut er sich aufzustehen. Zitternd legt er sich ins Bett. Er hofft nur, daß der Hund nicht so lange jault wie in der vergangenen Nacht.

# 11

In seinem Zimmer ist es noch dunkel. Er kann nicht lange geschlafen haben, denn er lag noch eine Zeit vor Angst und vor Kälte zitternd wach. Auch jetzt ist es ihm noch nicht richtig warm. Er hat ein Gefühl, als ob es ihm nie mehr warm würde. Er dreht sich auf die andere Seite, und dann hört er wieder das Geräusch, das er auch im Schlaf schon hörte. Ist er davon aufgewacht?

Ganz langsam, ohne daß man es hört, legt er sich auf den Rücken, damit er mit beiden Ohren hören kann. Was war das? War es drinnen oder draußen?

Da ist das Geräusch wieder. Es ist am Fenster, als ob ein Ast sich hin und her bewegt. Aber es gibt kaum Wind, und die Zweige der Sträucher neben der Garage reichen nicht bis an sein Fenster. Wieder hört er es, aber jetzt hält es länger an. Es ist, als ob jemand mit einem weichen Gegenstand die ganze Zeit an sein Fenster klopft.

Er schaut zum Dachfenster an der anderen Seite der Treppe, das wie ein graues Rechteck im dunklen Zimmer erkennbar ist. Draußen ist es also nicht mehr so dunkel.

Das Geräusch hört jetzt nicht mehr auf. Er schlägt sein Deckbett zurück und rutscht auf den Boden. Auf allen vieren kriecht er zum Fenster und schiebt den unteren Rand des Vorhangs ein winziges Stück zur Seite. Das erste, was er sieht, ist eine dunkle amerikanische Militärkappe mit einem großen, runden Schirm. Daß muß PePe sein, der mit den Blättern eines dünnen Astes an sein Fenster schlägt. Er schiebt den Vorhang etwas weiter auf und sieht, wie PePe den Ast wegnimmt und ihm Zeichen macht. Er zeigt zur Ecke und macht kleine drehende Bewegungen mit der Hand. Er macht Remco klar, die Tür aufzuschließen.

Remco läßt den Vorhang los, läuft runter, macht PePe die Tür auf und schließt sofort wieder ab.

„Kein Licht", flüstert er. „Gib mir deine Hand und führe mich zur Treppe."

„Was ist passiert?" fragt Remco.

„Gleich oben", flüstert PePe keuchend.

Remco lotst ihn zur Treppe und geht vor ihm hoch. Weil es in der Garage viel dunkler ist, kann er jetzt in seinem Zimmer die Sachen vage erkennen. PePe geht zum Dachfenster und schließt es geräuschlos, dann setzt er sich auf den Stuhl am Tisch, in die dunkelste Ecke der Mansarde. Remco setzt sich auf sein Bett und wickelt sich in seine Decke. Er friert noch immer.

„Wir können keine Nachrichten mehr mit deinem Boot verschicken, weil das zu gefährlich wird", sagt PePe mit seiner leisen Stimme. „Wenn jemand entdeckt, daß dein Boot um die Ecke verschwindet und daß du, nachdem es zurückgekommen ist, einen Zettel in der Hand hast, dann kann er sich denken, daß wir das mit dem anderen Boot genauso machen können. Ich befürchte, daß sie alles genau beobachten. Sie dürfen uns auch nicht zusammen sehen. Ich vermute, daß niemand hier von meiner Existenz etwas ahnt, und so soll es bleiben. Du machst hier eine Woche Urlaub bei der Freundin deines Vaters. Du bist ein Kind, das mit einem Boot spielt. Das sieht unschuldig aus. Aber du sollst Augen und Ohren weit offen halten. Falls etwas passiert, komme ich so wie jetzt zu dir, ganz früh morgens, bevor es hell wird."

„Wie spät ist es?"

„Fast halb sechs. In einer halben Stunde bin ich wieder weg."

„Hast du das Boot abfangen können?"

„Ja, aber zuerst kommst du dran. Hast du sie gesehen?"

„Wen?"

„Diese Frau Verhulst natürlich – sie ist es. Ich verstehe, daß das für dich schlimm ist, aber vor mir brauchst du es deswegen nicht zu verschweigen. Hast du gesehen, wie sie zuerst wegging und später zurückkam?"

„Nein."

Sie schweigen eine Weile, dann sagt PePe:

„Stell dich nicht an, wir wollten zusammenarbeiten, und du wolltest mir helfen. Ich befürchte, daß es sich um eine Entführung handelt. Erzähl mal, was du gesehen hast!"

„Irene war mit meinem Vater und dem Hund kurz draußen. Wir haben einen jungen Hund."

„Das habe ich gesehen."

„Ich nehme an, daß dieser Mann hier an der Ecke der Garage gewartet hat, bis die beiden wieder drinnen ..."

„Ein Mann?"

„Ja, ein Mann."

„Kannst du ihn beschreiben?"

„Es war ein großer Mann. Er ging ganz aufrecht. Er trug eine Mütze."

„Sonst nichts?"

„Nein, oder doch. Er trug grüne Gummistiefel."
„Und darauf fällst du rein? Irene Verhulst hat auch grüne Stiefel. Sie ist groß und geht auffallend aufrecht, wodurch sie noch größer scheint, als sie in Wirklichkeit schon ist. Wenn sie ihre langen, blonden Haare unter eine Mütze steckt, kann man sie schon für einen Mann halten. Sie muß es sein."
„Weshalb?"
„Sie ging zum Wasser und gab das Zeichen, das Boot zu starten. Ich hörte es kommen und mußte versuchen, es zu erwischen. Man konnte nichts sehen, also brauchte ich es keine Kurven machen zu lassen, denn das hätte nichts gebracht. Ich mußte mich also auf meine Ohren verlassen. Deshalb drehte ich den Sender voll auf und fing an, mit der Frequenz zu spielen. Es dauerte eigentlich nicht lange, bis ich das Boot hatte. Es schoß fast übers Wasser, so schnell ging es. Dann mußte ich versuchen, es zur anderen Seite der Landzunge zu steuern. Sie muß auch einen recht starken Sender haben, denn erst ganz in meiner Nähe gelang es, das Boot von seinem Kurs abzubekommen. Aber dann hatte ich es hinter den Bäumen der Landzunge geschafft!
Sie haben alles gut organisiert. Auf dem Dach der Kajüte befindet sich eine Plastikhülle, die an der Rückseite geöffnet ist. Sie schieben ihre Nachrichten in diese Hülle. Der zweite Zettel jagte mir einen Riesenschrecken ein. Der erste war nicht so schlimm. ‚Wir verlangen einen Beweis. Gemini.' Das war alles."
„Gemini?" fragte Remco.
„Ja, das bedeutet Zwilling."

„Und dann?“
„Sie muß bemerkt haben, daß das Boot verschwunden war, denn als ich es ins Wasser setzte, drehte es sich zuerst im Kreis. Hoffentlich dachte sie nur, daß das Boot an die falsche Seite der Landzunge geraten sei, und daß es ihr selber wieder gelungen sei, es zurückzuholen. Ich habe es nur um die Spitze gesteuert, danach sah ich schon bald ihr Lichtsignal.“
„Das habe ich auch gesehen. Aber hast du eigentlich ein Gesicht erkannt? Du sagst immer ‚sie‘. Bist du dir so sicher, daß sie es war?“
„Ja, ihre Antwort war eindeutig. Weißt du, was sie zurückschrieb?“
Remco zuckt die Achseln und fragt sich sofort, ob PePe das sehen konnte.
„Es war ein Blatt aus einem Skizzenblock, so gefaltet, daß es genau in die Hülle paßte. Es stand nicht viel darauf: ‚Sein anderes Ohr? Wiederhole: verlange Anzahlung, 10% vom ausgemachten Betrag, Montag zur gleichen Zeit, danach Absprache über endgültige Transaktion, sonst ... Die Spinne.‘ Ganz unten rechts war eine Spinne gemalt, ein ovaler Körper mit sechs krummen Beinen. Auf dem Körper war mit Strichellinien ein großes V, welches ein großes I umschloß, gemalt: Irene Verhulst. Deshalb bin ich mir so sicher.“
PePe schweigt, als wolle er, daß Remco die Bedeutung seiner Worte auch voll verstehe.
Der zieht die Decke enger um sich. Er möchte am liebsten weinen. Irene, die sich so über ihren Hund freut, Irene, die gestern abend unter seinem Fenster seinen Vater umarmte und küßte. Irene, die ihn aus dem Bus hob und manchmal

ihre Hand auf seinen Kopf oder seine Schulter legt. Ist es möglich, daß sie …?
Er hatte solche Sachen schon mal in der Zeitung gelesen oder im Fernsehen mitbekommen. Verbrecher, die einen reichen Mann oder ein Kind von reichen Eltern entführt haben und damit drohen, ihre Gefangenen zu töten, falls kein Lösegeld bezahlt wird. Als Beweis schicken sie manchmal ein Bild ihres Opfers, auf welchem dieses mit der Tageszeitung abgebildet ist. Und wenn es ihnen zu lang dauert, schicken sie einen kleinen Finger oder ein Ohr, so daß der Entführte für immer gezeichnet ist. Ob die Freundin seines Vaters wirklich …
„Was sollen wir machen?" fragt er leise.
„Ich gehe nach Hause", sagte PePe. „Zuerst muß ich etwas schlafen, und dann will ich alte Zeitungen lesen."
„Zeitungen lesen?"
„Ja, es ist jetzt drei Wochen her, als ich zum erstenmal beobachtete, wie dieses Boot hin und her fuhr. Vielleicht verhandeln sie aber schon länger auf diese Art. Sollte jemand entführt worden sein, dann muß es auf alle Fälle schon vor drei Wochen passiert sein. Ich kann mich nicht erinneren, etwas darüber gehört zu haben, deshalb möchte ich in alten Zeitungen nachschauen."
„Wenn jemand entführt worden ist, liest man doch fast täglich darüber, auch wenn es nur heißt, daß die Polizei noch keine Spur hat oder daß im Interesse der Ermittlungen keine Veröffentlichungen stattfinden."
„Vielleicht möchte die Familie darüber schweigen", sagt PePe.

„Vielleicht hat man gedroht, den Entführten zu töten, falls die Familie die Polizei benachrichtigt.“

„Müssen wir das dann nicht tun?“

„Nein“, sagt PePe schnell. „Das kann genauso gefährlich sein. Wir müssen herausfinden, wo sie ihn gefangen halten.“

„Weshalb sagst du ‚ihn‘?“

„Sein anderes Ohr, erinnerst du dich? Du sollst in Erfahrung bringen, wo sie ihn versteckt hält. Kann es hier im Haus sein?“

„Ich weiß nicht“, sagt Remco, „ich glaube nicht.“

„Das erwarte ich eigentlich auch nicht. Gib heute und morgen gut acht. Vielleicht geht sie weg, vielleicht ruft sie an. Sperre Augen und Ohren weit auf. Alles kann wichtig sein. Ich gehe jetzt ins Bett.“

„Wann kommst du wieder?“

„Dienstag früh, dann weiß ich, was sie sich Montag abend geschrieben haben.“

„Und wenn ich dich vorher sprechen möchte, weil ich etwas entdeckt habe?“

PePe überlegt.

„Dann“, sagt er nach einer Weile, „dann gehst du mit dem Boot zum See. Du läßt es zuerst geradeaus fahren und dann dreimal hintereinander einen Kreis im Uhrzeigersinn. Es ist nicht wichtig, was du anschließend machst. Dreimal diesen Kreis, ich nehme dann so bald wie möglich Kontakt mit dir auf.“

„Und wenn es ganz dringend ist?“

PePe seufzt.

„O.K., aber nur wenn es ganz dringend ist, dann spielst du etwas mit deinem Boot. Du läßt es einfach hin und her fahren, und nach einer Weile schickst du es zu den Sträuchern, die um mein Versteck herumwachsen. Mit voller Kraft läßt du es gegen das Ufer fahren, damit es richtig festläuft. Es ist dort flach und sumpfig, es kann also nichts passieren. Du schaffst es natürlich nicht, es mit dem Sender frei zu bekommen, also gehst du über die Landzunge dorthin. Du bleibst so nah wie möglich auf eurer Seite am Wasser. Du mußt aufrecht gehen und darfst nicht schleichen, denn du willst ja nur dein Boot holen. Also gibt es nichts zu verbergen. Du nimmst das Boot aus dem Wasser und betrachtest es von allen Seiten, es könnte ja beschädigt sein. Während dieser Zeit können wir ganz leise miteinander reden, du darfst aber nicht zu meinem Versteck rüberschauen. Alles klar?"
„Ja", antwortet Remco leise.
„Dann verschwinde ich jetzt. Heute nachmittag bin ich wieder so gegen vier auf meinem Posten. Nicht früher, denke ich."
Als Remco die Tür aufschließt, öffnet er diese nicht sofort.
„Verdammt", flüstert er. „Ich hätte nie gedacht, daß gerade Irene …"
„Du magst sie, nicht wahr?" flüstert PePe zurück. „Dann ist so etwas schmerzhaft. Es ist wie Zahnschmerzen. Du weißt, daß es weh tut, den schmerzenden Zahn mit der Zunge zu berühren. Und trotzdem kannst es es nicht sein lassen, weil du ständig fühlen willst, ob es noch immer weh tut."
Dann ist er verschwunden.

Remco liegt auf dem Rücken, die Hände unter seinem Kopf. Er fühlt sich, als ob er nie mehr schlafen könnte.
Als sein Vater und Irene den Hund rausließen, hatte sie ihre Jeans in die Stiefel gesteckt. Sie trug eine dunkle Jacke. Im Lichtschein der Außenbeleuchtung konnte er deutlich ihre blonden Haare sehen. Sie gingen zum Haus zurück und machten das Licht draußen aus. Sie mußte danach die Mütze aufgesetzt haben und um die Garage herumgelaufen sein.
Je länger er versucht, den dunklen Schatten wieder vor sich zu sehen, desto mehr wird der Irene ähnlich.
Seine Augen füllen sich mit Tränen. Wie bei Zahnschmerzen, sagte PePe.

# 12

Als er um fünf nach halb elf im strömenden Regen zur Waschküche rübergeht, winkt Irene ihm vom Küchenfenster aus schon zu. Er grinst und freut sich darüber, wieder grinsen zu können.
„Hast du dich nicht darüber beschwert, daß deine Mutter sonntags immer so lange im Bett bleibt“, fragt Irene, als sie ihm die Küchentür aufhält. Sein Vater sitzt am Tisch mit den Resten des Frühstücks.
„Guten Morgen“, sagt Remco. „Ja, ich habe verschlafen. Ich glaube, weil es hier so ruhig ist.“
„Aber den Regen hättest du unterm Dach eigentlich gut hören müssen“, meint sein Vater.
„Ich sah, daß du das Dachfenster zum Gück zugemacht hattest“, sagt Irene.

Als es anfing, hell zu werden, regnete es noch nicht. Er schlief immer noch nicht, weil er seine Gedanken nicht aufhalten konnte. Es waren immer die gleichen Fragen, die durch seinen Kopf spukten.
Warum ging Irene nicht einfach geradeaus von der Waschküche zum See? Warum machte sie diesen Umweg um die Garage? Warum schaute sie zuerst um die Ecke, ob alles sicher sei? Durfte sein Vater nicht merken, daß sie wegging? Sie schliefen doch nebeneinander im großen Doppelbett im

Schlafzimmer. Sein Vater mußte doch merken, daß sie nicht da war. Oder sollte er denken, daß sie in die andere Richtung gehe? Das Atelier war die einzige Stelle im Haus, die Remco noch nicht kannte. Wollte sie ihn davon fernhalten! Könnte sie da jemanden versteckt halten?
Als es hell genug war, hielt er es im Bett nicht mehr aus. Er zog seine Jeans und einen Pulli über den Schlafanzug, zog unten in der Garage neben der Tür seine Stiefel an und öffnete vorsichtig die Tür. In der Küche war es noch ganz dunkel. Je-Je winselte leise in der Waschküche. Er schloß die Tür hinter sich und ging nach rechts. Unter dem Fenster, von wo aus er gestern abend mit viel Angst Wache gehalten hatte, blieb er stehen. Vom Haus aus konnte man ihn hier nicht sehen. Sollte jemand nach draußen kommen, um den Hund rauszulassen, dann hatte er ja die Ausrede, daß er pinkeln müsse und niemanden habe stören wollen.
Er lehnte sich an die Mauer und schaute über den See. Das Wasser war grau und glatt, die Bäume der beiden Landzungen spiegelten sich im See. Der Himmel war schwarzgrau, als ob es bald regnen würde. Der Kirchturm und die Mühle auf der anderen Seite waren nur graue Schatten. Irgendwo von dort müßte das Boot kommen, und irgendwo befand sich Gemini, der Zwilling.
Als er bei Tagesanbruch so draußen stand, schien PePes nächtlicher Besuch schon ganz weit zurück. Aber er mußte untersuchen, welchen Weg Irene genommen hatte.
Er sah, daß die Sträucher zwischen der Garage und dem Kanal nicht so undurchdringlich waren, wie er gestern vermutete. Diese Stelle wurde nicht gepflegt, denn zwischen den

Sträuchern wuchs das Unkraut ganz hoch, und auf dem Boden lagen teils dürre Blätter vom letzten Jahr, teils gelbe und hellgrüne, die erst gerade abgefallen waren.
Der Pfad zwischen den Sträuchern war kaum sichtbar. Er sah ihn erst, als er an der Ecke bei der Garage stand. Die Brennesseln dort waren platt getreten. Hinter dem ersten Strauch führte der Pfad von der Garagenmauer weg schräg hinüber zum breiten Kanal. Remco mußte seine Hände hochhalten, um sich nicht an den Brennesseln zu verbrennen. Bei den letzten Sträuchern blieb er stehen und schaute sich noch einmal um. Der Kanal war hier bestimmt zehn Meter breit; auf dieser Seite noch ein ganzes Stück mit Sträuchern bewachsen, während Remco auf der anderen Seite nur eine kurzgeschnittene Wiese sah. Er beugte sich nach vorn und sah, daß der Kanal auf der linken Seite in dem Sumpf endete, den er gestern schon entdeckt hatte, rechts ging er kerzengerade weiter und verschwand in ungefähr einem Kilometer Entfernung unter einer Brücke. Auf der anderen Seite der Brücke sah er Dächer, wahrscheinlich von einem Bauernhof und einem kleineren Haus. Ein Auto fuhr über die Brücke.
Im weichen Boden direkt vor seinen Füßen entdeckte er Abdrücke von Profilsohlen. Er ging in die Hocke, um sie besser anschauen zu können. Die Abdrücke waren teilweise übereinander, am deutlichsten war der Abdruck eines rechten Fußes zu sehen, die Spitze zum Wasser gerichtet, als ob jemand von dort aus einen größeren Schritt gemacht hatte. Teils daneben und teils darunter war der Abdruck von einem linken Fuß zu sehen, dieser stand vom Wasser abgewendet,

und der Absatz war tief in den Boden eingedrückt, als ob jemand mit seinem ganzen Gewicht auf diesem einen Fuß gestanden hatte. Er ließ sich auf die Knie fallen und beugte sich über die Kanalböschung. Er sah, was er zu sehen hoffte: das dreieckige Loch, das von der Spitze eines Ruderbootes verursacht wird, wenn es mit Wucht gegen ein weiches Ufer fährt. Von einem Strauch war ein Ast abgebrochen. War das Boot daran festgemacht worden?

Erleichtert stand er auf. Zur Sicherheit maß er die Länge des Fußabdruckes: gut anderthalbmal sein eigener Stiefel. Aber eigentlich war das jetzt überflüssig. Der Schatten, der gestern abend unter seinem Fenster entlanggeschlichen war, war nicht Irene.

Er ging um die Garage herum und kroch ins Bett. Endlich konnte er schlafen.

„Heute ist kein Wetter, um lange draußen zu sein", sagt sein Vater, als Remco fertig mit Frühstücken ist. „Was machst du heute?"

Er zuckt die Achseln.

„Ich habe Ferien. Ich brauche gar nichts zu tun. Vielleicht gehe ich am Nachmittag noch ein Weilchen mit dem Boot zum Wasser. Falls es nicht mehr so stark regnet."

Sein Vater nickt. Irene hält sich irgendwo im Haus auf.

„Ich will nur nicht, daß du dich langweilst."

„Ich räume zuerst mein Zimmer auf, ich bin gleich wieder da."

In der Waschküche stellt er seinen Stiefel neben Irenes Stiefeln, die nur wenig größer sind als seine. Der Stiefel seines

Vaters ist größer, aber nicht so groß wie der Abdruck am Kanal.

„Es klappt gar nicht“, sagt er.
Sie sitzen im Wohnzimmer. Sein Vater und Irene lesen, er sitzt am weißen Tisch mit Irenes Malblock.
„Was klappt nicht?“ fragt sie und schaut von ihrem Buch auf.
„Ich versuche, eine Spinne zu malen, aber es gelingt mir nicht.“
Sie legt ihr Buch auf den kleinen Tisch, die aufgeklappten Seiten nach unten, dann stellt sie sich hinter ihn und schaut die Zeichnung an.
„Nein, da hast du recht, so geht es nicht. Es sieht mehr aus wie ein Käfer, ein Oval mit sechs Füßen, richtig ungefährlich.“
„Was mache ich falsch?“ will er wissen.
„Wenn du etwas malen willst, mußt du zuerst gut hinschauen.“
Sie nimmt den Bleistift aus seiner Hand, setzt sich neben ihn und zieht den Malblock zu sich herüber. Mit einigen schnellen Strichen malt sie eine richtige Spinne auf das Blatt; ein freßsüchtiges Tier mit eckigen, gebogenen Füßen, bereit, seine Beute im Netz zu töten.
„Schau dir mal die Unterschiede an“, sagt sie. „Du malst eine Art Maikäfer, einen ovalen Körper mit einem kleinen Kopf. Eine Spinne hat ein rundes Hinterteil und ein Vorderteil mit einem großen Kopf. Die Füße befinden sich am Vorderteil – und es sind nicht sechs, sondern acht.“
„Ich wußte gar nicht, daß du auch richtig malen kannst“, sagt er.

Irene muß darüber lachen.
„Was dachtest du sonst? Daß ich nur etwas Farbe auf eine Leinwand schmiere und dann behaupte, es sein ein Baum?"
Er nickt. So etwas hatte er tatsächlich gedacht.
„Nein, nein", sagt sie. Ich mache Skizzen von Motiven, die mich ansprechen. Manche davon arbeite ich in meinem Atelier aus. Ich versuche, auf meine Art in diesen Bildern zu zeigen, was ich fühlte, als ich diese Motive sah, und auch, was ich spüre, wenn ich an so einem Bild arbeite."
„Ich war noch nie in deinem Atelier", sagt er. „Darf ich es mal sehen?"
„Natürlich", kommt ihre Antwort ohne zu zögern. Sie zieht ihn vom Stuhl. „Komm, dann bekommst du eine Führung."

„Bist du das?" fragt er. Er bleibt auf der Schwelle zum Atelier stehen. Der Tür genau gegenüber hängt das Bild einer nackten Frau, die Irenes Gesicht trägt.
„Ja, das ist auch schon wieder zwölf Jahre her. Ich besuchte damals die Kunstakademie. Wir hatten den Auftrag, eine Aktstudie zu machen. Ein Freund von mir malte dieses Bild, und als ich die Prüfung bestand, schenkte er es mir."
„Warst du ganz nackt, während der Mann zuschaute?"
„Es gab noch mehr Menschen. Wir waren zu acht: fünf Jungen und drei Mädchen. Wir malten uns alle gegenseitig. Einen bekleideten Menschen kann man niemals gut malen, wenn man nicht weiß, was sich unter den Kleidern versteckt. Ebenso kann man keine gute Aktstudie malen, wenn man nicht weiß, wie die Muskeln unter der Haut verlaufen."
Er betrachtet noch immer das Bild.

„Hast du … hast du dich nicht geniert?"
„Beim ersten Mal, in dem Moment, als ich mich ausziehen mußte, fand ich es schon etwas schwierig. Später nicht mehr. Wir hatten einen Lehrer, der etwas sehr Vernünftiges sagte: ‚Wer sich für seinen Körper schämt, schämt sich für sich selbst'. Das ist auch jetzt noch meine Meinung. Wenn ich draußen zeichne, dort zwischen den Bäumen, wo du immer mit deinem Boot ans Wasser gehst, ziehe ich mich bei schönem Wetter auch aus. Es ist schön, die Sonne auf der Haut zu spüren, dann fühle ich mich ganz frei. Deshalb wohne ich auch so gern hier draußen."
„Hast du denn keine Angst, jemand könnte dich beobachten?"
„Wenn ein Boot in die Nähe kommt, ziehe ich mir etwas an."
„Und falls jemand ein Fernglas hat?"
Sie zuckt die Achseln.
„Dann sind die Leute selber schuld. Sie sollten nicht so kindisch sein! Wenn sie sich zu Hause duschen, sind sie ja auch nackt."
„Ah, jetzt sehe ich, was anders ist. Damals hattest du rote Haare."
„Ja, es war gefärbt. Jetzt habe ich es gebleicht."
Es ist schon vier Uhr vorbei, als sie wieder ins Wohnzimmer kommen. Irene hatte ihm viele von ihren Bildern gezeigt, die teilweise bis zu acht Stück hintereinander gegen die Wände lehnten.
Sie hatte ihm erzählt, wie sie anfängt, ein Bild zu malen, und zeigt ihm, wie sehr Bilder, die kurz nacheinander gemalt wurden, sich ähneln.

Er hatte sich umgeschaut. Im ganzen Atelier war kein Versteck zu entdecken. Es gab keine Luke im Boden oder in der Decke. Hier kann man niemanden verborgen halten. Im ganzen Haus war es unmöglich.
Irene war im Laufe des Tages ein paarmal nach draußen gegangen, um den Hund rauszulassen; sein Vater setzte keinen Schritt vor die Tür.
Eigentlich sollte er jetzt zum See, um sein Boot bei PePes Versteck festlaufen zu lassen, aber es regnet immer noch stark, und hier drinnen ist es warm und gemütlich.

# 13

Er steht auf der Brücke und schaut über den langen, geraden Kanal. Das Dach der Garage mit seinem Mansardenzimmer ragt über die Sträucher hinaus. Schade, daß es zu dieser Seite kein Fenster gibt.

Er mußte viel weiter gehen, als er erwartet hatte, aber zum Glück war das Wetter gut. Beim Frühstück sagte sein Vater schon: „Es ist wie verhext. Den ganzen Sonntag regnet es, und wenn ich wieder arbeiten muß, scheint die Sonne."

Große, weiße Wolken segeln am dunkelblauen Himmel. Es ist windig und nicht unbedingt warm. Wenn man es auch noch nicht richtig kalt nennen kann, so ist er doch froh, daß er unter seiner Jacke einen Pulli angezogen hat.

Die ganze Zeit, während er das erste Wegstück über die schmale Klinkerstraße bis zum Roten Hirschen gegangen war, wirbelten die von den Bäumen fallenden Blätter durch die Luft: Jetzt war es richtig herbstlich.

Gleich nach dem Frühstück, kurz nachdem sein Vater gegangen war, ging auch er los. Er zog seine Sportschuhe an, weil die bequemer sind als seine Stiefel.

„Hast du ein Fernglas?" fragte er Irene, nachdem sein Vater weggefahren war.

„Gehst du zum Wasser?" wollte sie dann noch wissen.

„Nein, eigentlich möchte ich einmal in die andere Richtung gehen. In den Wiesen dort sehe ich oft Vögel, mehr als am

See. Das Wasser ist außerdem recht unruhig heute, ich traue mich nicht so richtig, das Boot fahren zu lassen."
Wenn heute abend auch so viel Wind sein wird, passiert vielleicht gar nichts, überlegte er kurz.
Er lief zuerst ein Stück des Weges, der von Irenes Haus wegführt, und schlug dann die Richtung zum Roten Hirschen ein. Das große Fernglas hing an einem Riemen um seinen Hals, und ab und zu blieb er stehen, um einige Vögel damit zu verfolgen. In dieser offenen Landschaft konnte man ihn schon von weitem sehen, und er durfte nicht auffallen. Er mußte den Anschein wecken, ein ziemlich kleiner Junge zu sein, der Vögel beobachtete.
Auf den kleinen Klinkerwegen begegnete ihm niemand, kein Spaziergänger, kein Radfahrer, kein Auto. Aber das wunderte ihn nicht, denn es hätten ja nur Besucher für Pama oder für Irene sein können. Von weitem sah er dann und wann auf der Straße am Roten Hirschen Autos vorbeifahren, aber sehr viel war da auch nicht los. Bei der Wirtschaft blieb er stehen. Auf der anderen Seite der Straße lief ein breiter Graben, an dem ein Bauernhof lag. Die Bewohner konnten nur über eine Betonbrücke zur Straße gelangen. Neben dieser Brücke lag, an einem Seil festgemacht, ein Ruderboot.
Als er dort stand, kam eine Frau, die eine geblümte Schürze trug, aus dem Haus. Sie trocknete ihre Hände an der Schürze ab, während sie ihn mißtrauisch ansah, und ging dann zum Roten Hirschen rüber.
Remco ging nach links weiter. Hinter den Bäumen, die an den Rändern der Klinkerstraße standen, konnte er ganz weit entfernt die Häuser von Irene und Pama sehen und dahinter

den See. Rund um Irenes Haus wuchsen nur Sträucher, von Pamas Haus sah man nur den kleinen Turm und ein Stück vom Dach, alles andere lag hinter hohen Bäumen versteckt. Es war ein ganzes Stück bis zu der Brücke, die über den breiten Kanal führte. Der Weg näherte sich immer mehr dem See. An seiner rechten Seite parallel zum Weg verlief der Wassergraben, an dem, jeweils im Abstand von einigen hundert Metern, große Bauernhöfe lagen, die alle eine eigene Brücke und ein eigenes Ruderboot hatten. Vom Roten Hirschen bis zu der Brücke zählte er elf: elf Höfe mit elf Betonbrücken und elf Booten.

Er steht auf der Brücke und schaut über den langen, geraden Kanal zu Irenes Haus hin. Elf und noch eines gegenüber dem Roten Hirschen, denkt er. Elf plus eins ist zwölf. Zwölf Boote allein schon auf dieser Seite. Vorhin hatte er sich auch über die Brücke zur anderen Straßenseite gelehnt. Parallel zum Weg läuft auch dort der Graben weiter; aus der Ferne betrachtet werden die Höfe kleiner. Und alle haben ihr eigenes Ruderboot vor der Tür im Wasser liegen. Es könnte eines von diesen Booten gewesen sein, daß bis ganz nah an sein Zimmer über der Garage gerudert war, aber welches?

Er schaut auf seine Uhr. Fast anderthalb Stunden hat er gebraucht, um über die Straße bis hier zu kommen, und jetzt liegt sein Zimmer nur eine Viertelstunde von hier entfernt, sein Zimmer und die gemütliche Küche von Irene, das Atelier, in dem sie jetzt bestimmt arbeitet. Er nimmt das Fernglas. In und um Irenes Haus herum ist alles ruhig. Auf der kleinen Straße fährt ein rotes Postauto. Es nähert sich Irenes Haus, hält am Briefkasten, dreht und fährt wieder zurück.

Das Auto ist schon wieder ziemlich weit gefahren, als Irene aus dem Haus kommt, um die Post aus dem Briefkasten zu holen. Sie bleibt noch kurze Zeit draußen stehen und wendet ihr Gesicht der Sonne zu, dann geht sie zur Waschküchentür, verschwindet und kommt kurze Zeit später mit JeJe wieder nach draußen. Sie geht etwas hin und her auf dem kleinen Weg zum See, dann hockt sie sich hin. JeJe springt wie ein schwarzer Ball durch das hohe Gras auf sie zu. Er folgt ihr auf der Ferse, als sie wieder in die Waschküche geht.
Er nimmt das Fernglas von den Augen. Ein tolles Ding. Nie hätte er gedacht, daß man auf so eine Entfernung jemanden deutlich sehen könnte. So müssen also auch die Männer sie sehen können, wenn sie nackt am Wasser sitzt. Er wird wütend, aber er versteht nicht so recht weshalb.
Jetzt tut es ihm leid, daß er seine Sportschuhe und nicht seine Stiefel angezogen hat. Trotzdem geht er neben der Brücke vom Weg ab und durch das Gras am Kanal entlang nach Hause. Dann eben nasse Füße, denkt er.

Irene ist nicht in der Küche, als er da vorbeiläuft. Die Tür zum Flur hin ist geöffnet. Die Post liegt auf dem Tisch: die Zeitung mit einem gelben Streifen, eine Zeitschrift in einer dünnen Folie und eine Ansichtskarte. Er geht weiter zu seinem Zimmer, um trockene Strümpfe anzuziehen und außerdem eine saubere Hose, denn diese ist unten durch und durch naß. Er stellt sich vor das große Fenster und schaut nach draußen. Er würde gern das Fernglas nehmen, aber er traut sich nicht. PePe sagte ja, daß sie alles im Auge behielten, deshalb müßten PePe und er vorsichtig sein. Meter um Meter streift er mit dem bloßen Auge über beide Landzungen. Es ist niemand zu sehen, es ist auch kein Boot auf dem Wasser. Ob PePe nicht etwas übertreibt?

„Bist du es, Remco?" fragt Irene, als er die Küche betritt.
„Ja, wo bist du?"
„Im Atelier. Komm nur her."
Er geht durch den Flur zu der offenen Ateliertür. Wieder muß er das große Bild von Irene der Tür gegenüber anschauen. Er findet es komisch, jemanden, den er kennt, so auf einem Bild zu sehen, als ob diese Person ihm gegenüber nackt auf einem Stuhl säße.
Auf der Staffelei steht eine große Leinwand.
„Sei vorsichtig mit der Farbe", warnt Irene ihn. „Ich bekomme bestimmt Krach mit deiner Mutter, wenn du Farbe an deine Kleider bekommst."
Er schaut unschlüssig um sich. Nirgends sieht er einen Platz, sich hinzusetzen.
„Gleich mache ich etwas zu essen", sagt Irene. „Die Zeitung liegt in der Küche. Du findest dort auch noch andere Sachen zum Lesen."

Am Küchentisch sitzen sie einander gegenüber. Irene blättert in der Zeitung, und er beobachtet ihr Gesicht. PePe findet, daß sie spinnt, weil sie sich nackt in die Sonne setzt, wenn sie sich unbeobachtet glaubt. PePe denkt immer noch, daß sie abends zum See geht, um Nachrichten mit Drohungen zu verschicken. PePe hat sie im Verdacht, jemanden gefangen zu halten, damit sie Lösegeld bekommt.

Er aber weiß jetzt, daß jemand anderes mit einem Ruderboot hierherkommt. Er hätte es PePe gestern mitteilen müssen, aber er hatte bei dem Regen keine Lust. Heute nachmittag aber muß er ihn auf seiner Landzunge aufsuchen.

„Wann kommt Papa nach Hause?“ fragt er.

„Er wollte früh kommen“, sagt Irene, ohne von der Zeitung aufzuschauen.

„Nicht zu fassen“, sagt sie etwas später. „Was wollen die denn damit?“

„Was meinst du?“

Sie schaut hoch.

„Erinnerst du dich, daß vor länger als einem halben Jahr in Amsterdam einige berühmte Bilder gestohlen wurden?“

Er nickt. Natürlich erinnert er sich daran. Im Fernsehen hatten sie gezeigt, wie Einbrecher durch eine große Scheibe neben dem Museumseingang ganz frech eingebrochen waren. Drei Bilder hatten sie in aller Eile mitgenommen, denn in dem Moment, als sie drinnen waren, war der Alarm losgegangen. Man sah Fotos von diesen Bildern, die ganz anders als Irenes Bilder waren, denn auf diesen hatte man wenigstens etwas erkennen können. Man sah, was sie darstellten: eine Landschaft, etwas mit Sonnenblumen und ein Selbstporträt des Malers.

„Drei Gemälde von van Gogh“, sagt Irene, „und heute steht in der Zeitung, daß die Polizei noch immer keine Spur hat. Man ist anfangs der Sache ganz ruhig nachgegangen, weil man erwartete, daß die Diebe ein Lösegeld für die Bilder verlangen würden, das ist aber immer noch nicht passiert. Die Polizei denkt deshalb, daß sie ins Ausland geschmuggelt

wurden und daß irgendein verrückter Sammler sie dort heimlich betrachtet." In der Schule hatten sie darüber gesprochen. Die Bilder dieses Malers seien wahrscheinlich sehr viele Millionen wert, aber sie seien so berühmt, daß sie nicht so einfach verkauft werden könnten. Die Diebe würden wohl Lösegeld verlangen, hatte damals der Lehrer gesagt, und dann hatte er noch etwas über diesen Maler erzählt.
Mit einem Ruck setzt Remco sich aufrecht.
„War dieser Maler nicht verrückt oder so etwas Ähnliches?"
Irene lächelt und schüttelt den Kopf.
„Er war genial. Ich möchte so malen können. Aber er hatte ganz depressive Phasen, und dann tat er schon mal etwas Verrücktes. Du hast sicher davon gehört, daß er sich ein Ohr abschnitt?"
Das war es!
SICHER SEIN ANDERES OHR?
Das Selbstporträt. Er erinnert sich vage an ein Gemälde, das einen Mann zeigt; er hatte damals ein Foto davon gesehen. Ein Mann, der ganz ernst aussah und einen roten Vollbart hatte.
Er muß mit PePe sprechen. Sofort. Es ist ganz dringend. Er steht auf und schiebt seinen Stuhl zurück.
„Was hast du plötzlich?" fragt Irene.
„Nichts, ich gehe raus. Die Sonne scheint."

PePe ist nicht da. Remco hat sein Boot fast eine Stunde lang zwischen den beiden Landzungen hin und her fahren lassen. So viel Zeit brauchte er, um herauszufinden, ob sich irgendwo jemand mit einem Fernglas versteckt hatte. Er mußte

auch seine Gedanken ordnen, damit er PePe so knapp wie möglich alles erzählen konnte. Es ist niemand entführt worden, sondern es handelt sich um ein Bild oder um drei Bilder. Irene ist unschuldig, sie würde nie so eine blöde Spinne malen. Ein Unbekannter kommt mit einem Ruderboot zu Irenes Haus und geht dann zu Fuß weiter zum See. Sicher sein ANDERES Ohr? Das ist der Beweis, daß es sich um diese van Gogh-Bilder handelt.
Aber PePe ist nicht da. Nachdem er nirgendwo etwas Verdächtiges entdecken konnte, ließ Remco sein Boot mit voller Kraft gegen das Ufer unterhalb PePes Versteck fahren, wo es still liegen blieb. Er tat so, als ob er verzweifelt versuchte, es zurückzuholen, und lief dann dorthin, genau so, wie PePe es ihm gesagt hatte.
„Ich habe wichtige Neuigkeiten", sagte er, als er an den Sträuchern des Verstecks angekommen war.
Es kam keine Antwort.
„Es ist wirklich sehr dringend", sagte er.
Es blieb immer noch still.
„Hörst du mich?" fragte er.
Er mußte vorsichtig einige Schritte ins Wasser gehen, um an sein Boot zu gelangen.
„PePe, bist du da?" versuchte er es noch einmal.
Jetzt sitzt er mit dem Rücken zu den Sträuchen. Er hatte versprochen, nicht hinzuschauen. Er betrachtet das Boot in seinen Händen und sagt: „Irene ist unschuldig. Ich bin mir sicher. Aber PePe denkt immer noch, daß sie gefährlich ist."
Dann steht er auf und geht zurück.

# 14

Es ist, als ob er sich einen Film anschaut, den er schon vorher gesehen hat, aber jetzt kann er die Personen besser erkennen. Noch immer segeln große Wolken am Himmel. So viel er weiß, gibt es keinen Mond, aber es ist trotzdem klar. Er hat sich noch nicht ausgezogen, dazu war keine Zeit mehr. Erst um zehn Uhr war er zur Garage hinübergegangen. Den ganzen Abend hatte er in Irenes großen Kunstbänden geblättert und sich einige Reproduktionen von van Gogh angesehen, besonders die Selbstporträts hatten ihn interessiert. Das linke Ohr war stets deutlich sichtbar. Wenn sie dieses herausschneiden würden, wäre das Bild für immer beschädigt. Das konnten sie doch nicht wirklich tun, dann wäre es doch nichts mehr wert.

Er hatte gerade seinen Posten bezogen, als sein Vater und Irene mit JeJe nach draußen kamen. Hand in Hand gingen sie in Richtung See, weiter als vorgestern, und Hand in Hand kamen sie zurück. Der Hund lief ihnen zum Haus voraus. Sobald das Licht ausging, erschien der Mann genau unter seinem Fenster. Ein großer Mann mit einer Mütze und Gummistiefeln, in der Hand trug er etwas Eckiges. Das mußte der Sender sein. Der Mann schaute um die Ecke und ging dann den Weg entlang, ruhig und mit kleinen Schritten, als ob er kein Geräusch machen wollte. Nach fünfzehn Metern war er in der Finsternis verschwunden.

Als er sah, wie schnell der Mann von der Dunkelheit verschluckt wurde, hatte er plötzlich eine Idee. Er wartet auf das Lichtzeichen, das von der anderen Seite kommen muß. Nach dem Signal wird er mindestens fünf Minuten Zeit haben.

Da ist das Zeichen: zwei kurze Lichtblitze. Der Mann gibt mit dem Signal zu verstehen, daß er auf dem Rasen zwischen den Bäumen wartet. Das Boot wird jetzt auf der anderen Seite losfahren, und er muß am Wasser bleiben.
Vorsichtig steht Remco auf. Seine Knie zittern. Er hat Angst – doch er will es tun. Er geht die Treppe runter, sucht im Dunkeln neben der Tür seine Stiefel, zieht sie an und öffnet die Tür ganz langsam einen Spalt. Das Licht in der Küche ist schon aus. Er schließt die Tür hinter sich und geht nach rechts. Unter seinem Fenster durch schleicht er zu der Stelle, wo der kleine Weg zwischen den Sträuchern anfängt. Dann bleibt er stehen. Der Wind ist nicht mehr so stark wie heute morgen, aber doch noch stark genug, um die Blätter der Sträucher zum Rascheln zu bringen.
Schritt für Schritt geht er über den Weg, jeden Moment bereit zurückzulaufen. Er streift mit der rechten Hand eine Brennnessel und spürt ein lästiges Jucken. Der Kanal kann jetzt nicht mehr weit sein. Er will das Ruderboot sehen, er will sicher sein, daß dieser Mann mit einem Boot kommt. Aber vielleicht sind sie zu zweit, vielleicht sitzt noch jemand im Boot, bereit wegzurudern, sobald der andere hereingesprungen ist.
Es ist ein ganz normales Ruderboot, hell, vielleicht weiß,

aber er kann das bei diesem Licht nicht richtig erkennen. Es ist so ein Ruderboot wie die vielen, die er im Wassergraben den Weg entlang gesehen hatte. Niemand sitzt darin, die Ruder sind zur Hälfte hereingeholt, vor dem Sitz stecken sie kreuzweise unter den Längsseiten des Bootes, die großen Ruderblätter stehen zu beiden Seiten des Bootes schräg nach oben.

Remco hockt sich hin und tastet mit der Hand. Von der Spitze des Bootes aus geht ein Seil zum nächsten Strauch. Er will es losmachen und das Boot wegschieben, dann kann der Mann sehen, wie er von hier wegkommt. Aber dann überlegt er es sich anders. In dem Fall wüßte dieser Mann auch, daß er entdeckt ist.

Auf dem Rückweg bleibt er unterhalb seines Fensters stehen und horcht. Er hört nur den Wind. Er hat keine Ahnung, wie weit das Motorboot sein könnte, vielleicht schon wieder auf dem Rückweg? Er muß zu seinem Posten zurück, sonst ist es vielleicht zu spät.

Als der Mann aus der Finsternis auftaucht, geht er ganz langsam, als ob er hier zu Hause wäre. Er geht über den Weg bis zur Garage und dann entlang der Mauer unter dem Fenster vorbei. Auf diese Art hinterläßt er keine Spuren.

Remco wartet noch ein paar Minuten, dann steht er auf, zieht sich aus und geht ins Bett. Ihm bleibt nichts anderes übrig, als zu warten, bis PePe kommt.

„Wahnsinnig gefährlich", flüstert PePe sofort, als er unten in der dunklen Garage steht. „Furchtbar gefährlich. Den ganzen Tag saß jemand mit einem Fernglas auf der anderen

Landzunge. Er beobachtete fast ausschließlich euer Haus, aber sie stellt sich auch so blöd an ..."

„Sie ist es überhaupt nicht", sagt Remco. „Das wollte ich dir am Nachmittag schon erzählen, aber du warst nicht da."

„Es war einfach zu gefährlich", sagt PePe. „Komm nach oben."

„Sie ist wirklich verrückt," sagte PePe, als er wieder auf dem Stuhl in Remcos Mansardenzimmer sitzt. „Sie will nicht zeigen, wer sie ist, und gleichzeitig benimmt sie sich so blöd ..."

„Jetzt hörst du aber mal gut zu," sagte Remco böse.

„Pst, nicht so laut!"

„O.K.", flüstert Remco. „Aber es wäre gut, wenn du auch mal zuhören würdest."

Er erzählt von dem kleinen Weg zum Kanal, von den Abdrücken am Ufer und von den vielen Ruderbooten im Graben, der parallel zur Straße läuft.

„Bist du deshalb den ganzen Weg in diese Richtung gegangen?"

„Woher weißt du das?"

„Ich war den ganzen Tag im Turm. Von dort aus hat man auch einen guten Überblick. All die Zeit saß jemand mit einem Fernglas auf der Spitze der anderen Landzunge, deshalb konnte ich nicht zu meinem Versteck gehen, es wäre zu gefährlich gewesen. Ich konnte ihn durch die Sträucher hindurch sehen. Auf der anderen Seite lag ein Boot mit einem Außenbordmotor. Als es dunkel wurde, fuhr der Mann weg, ruderte zuerst ein Stück und startete nach einiger Zeit erst den Motor. Er fuhr zur anderen Seite des Sees."

„Ich entdeckte auch, wofür dieser Kerl das Lösegeld verlangt“, sagt Remco zaghaft.
Als PePe nicht reagiert, erzählt Remco ihm die ganze Geschichte von den gestohlenen Bildern des Malers, der sich ein Ohr abgeschnitten hat.
„Deshalb sprachen sie von dem ANDEREN Ohr“, fügt er hinzu.
„Und heute stand in der Zeitung, daß diese Bilder noch immer nicht gefunden wurden.“
„Mein Gott, das hast du aber toll gemacht! Und ich suche die ganze Zeit nach etwas über einen entführten Mann!“
Remco ist froh, daß es dunkel ist. PePe ist immer so selbstsicher, und Remco kann ein triumphierendes Lächeln jetzt nicht unterdrücken. Bei Tageslicht hätte PePe es gesehen, und das will er nicht.
„Ich hab Irene auch eine Spinne zeichnen lassen“, sagt er. „Zuerst malte ich selbst eine, ganz ungeschickt, und dann zeigte sie mir, wie eine Spinne aussieht. Sie zeichnet ja viel zu gut, um eine Spinne so zu malen, wie du es mir beschrieben hast.“
„So eine Spinne stand heute auch wieder unter der Nachricht. Auf dem Hinweg transportierte das Boot eine kostbare Ladung: Geld. Ich traute mich nicht, es zu zählen, das hätte auch zu lange gedauert. Aber es waren bestimmt zehn Tausendguldenscheine und dann noch ein Haufen Zweihundertfünfzigguldenscheine. Auf dem Zettel stand: ‚Ein Beweis des guten Willens. Rest der ersten Anzahlung folgt. Nenne Termin. Gemini.‘ Die Antwort kam nicht so schnell wie sonst, vielleicht mußte sie ... also er, zuerst das Geld zählen.

Und dann schrieb er: ‚Rest der ersten Bezahlung Mittwoch zur gleichen Zeit. Uhrzeit und Ort der endgültigen Übergabe folgen daraufhin. Die Spinne.' Und dann dieses Gekritzel rechts unten."

„Mittwoch abend", seufzt Remco. „Müssen wir noch so lange warten?"

„Was können wir sonst tun?" fragt PePe.

„Mit Irene sprechen. Oder mit der Polizei."

In PePes Ecke bleibt es ruhig.

„Nein", sagt er dann. „Das ist keine gute Idee. Dieser Mann ist gerissen. Und er hat keine Angst. Jedesmal ließ er das Boot hierherkommen und wußte dabei natürlich auch, daß seine Gegenspieler, die vielleicht nur von anderen beauftragt waren, das Boot über den See zu schicken, sich ausrechnen konnten, wo genau das Boot an Land geht. Du kannst sicher sein, daß die hier alles gut beobachtet haben. Sie haben bestimmt auch gesehen, daß man nur von hier aus zu der bewußten Stelle ans Ufer gelangen kann. Sie müssen also denken, daß es Irene Verhulst ist. Ich war ja auch davon überzeugt.

Nachdem wir jetzt wissen, daß es sich um gestohlene Bilder handelt, ist das noch naheliegender: eine Malerin kennt sich ja mit Bildern aus und weiß, wie man sie lagern kann, ohne sie zu beschädigen. Und dann unterschreibt er seine Nachrichten auch noch mit I. V., angeblich versteckt als Strichellinie in der Spinne, aber das sieht man schnell. Die Empfänger haben sich diese Zettel natürlich haargenau angeschaut. Das Haus wird beobachtet. Irene Verhulst muß sich genauso benehmen wie vorher auch. Deshalb darfst du nicht mit ihr darüber sprechen. Wenn denen etwas verdächtig erscheint, passiert vielleicht überhaupt nichts mehr. Oder etwas, was wir nicht wollen."

„Was denn?"

„Wir nehmen an, daß dieser Mann die Bilder hat, ja? Er verlangt ein Lösegeld dafür. Mit wem wird er in diesem Fall verhandeln?"

„Mit dem Besitzer, dem Museum."

„Und was machen diese Museumsleute? Die verständigen die Polizei. Ich gebe es dir schriftlich, daß die Polizei dieses Boot hierher schickt und alles im Auge behält. Sie haben ihn hingehalten. Ich sage ‚ihn', aber die Polizei denkt wohl, daß es Irene Verhulst ist. Sie sind sich nur noch nicht sicher, ob die Bilder hier im Haus versteckt sind. Und das ist auch gut so, denn falls sie das Haus durchsucht hätten, hätten sie nichts gefunden, und dieser Mann hätte sich totgelacht. Die Polizei wartet, bis er Ort und Uhrzeit benennt, um das Geld gegen die Bilder auszutauschen, dann erst schlägt sie zu. Sie wollen ja die Bilder und die Diebe haben, deshalb sind sie so geduldig. Sollte Irene Verhulst sich jetzt aber plötzlich anders verhalten, dann wird die Polizei vielleicht doch etwas unternehmen, und dieser Kerl läßt sich nicht mehr blicken."

„Aber wir können doch der Polizei sagen, was ich herausgefunden habe?"

„Dann können sie den einen Mann vielleicht erwischen. Sie können ihm bei seinem Boot oder bei der Brücke auflauern. Aber du sagtest ja selbst, daß diese Bilder nicht von einem allein gestohlen sein können. Einer allein könnte es nie schaffen, drei Bilder von der Wand zu reißen, nachdem der Alarm schon losgegangen war, dann zu seinem Auto zu tragen und auch noch rechtzeitig zu verschwinden. Falls er sie nicht in seinem Haus versteckt hat und das Versteck auch nicht nennen will, kommt die Polizei nicht viel weiter. Sie müssen also warten, bis sie übergeben werden, und so lange soll der Mann denken, daß er der Schlauste ist. Laß die Polizei nur Irene Verhulst verdächtigen."

Als PePe wieder geht, verabreden sie nur, daß sie bis Mittwoch abend gut aufpassen und daß sie dann genauso vorgehen, wie an allen anderen Abenden, an denen das Boot hin und her fuhr. Außerdem wollen sie sich weder treffen noch Kontakt aufnehmen.

# 15

Warten. Er kann nichts tun als warten. Es ist erst Viertel nach drei. Noch fast acht Stunden warten, bis er auf seinem Posten hinter dem Fenster liegen muß. Und dort muß er dann auch wieder warten.

Er weiß nicht, wie oft er gestern und heute auf seine Uhr geschaut hat. Jedenfalls merkte Irene heute etwas. Sie fragte vieles, was er nicht ehrlich beantworten konnte.

„Gehst du gar nicht zum Wasser? Es ist gerade heute so schönes Wetter."

„Du hast schon ein paar Tage nicht mehr mit deinem Boot gespielt. Es ist doch nicht kaputt?"

Er konnte ihr doch nicht sagen, daß er sich jetzt nicht so recht zum See traut, weil PePe sagte, daß dort auf der Landzunge die ganze Zeit jemand mit einem Fernglas sitze. Das einzige, was er dort tun könnte, war, sein Boot etwas hin und her fahren zu lassen, wissend, daß er mindestens von zwei Seiten beobachtet würde, einmal von PePe und einmal von einem Unbekannten. Und vielleicht gab es sogar eine dritte Person. Von der Brücke aus hatte er ja selbst beobachten können, was hier am Haus vor sich ging, und den See hatte er von dort aus auch sehen können. Wenn der Mann mit dem Ruderboot in einem der Höfe, die an der Straße lagen, wohnte, konnte er mit einem Fernglas vom oberen Stock aus auch bis zum See schauen.

„Wollen wir nachher zusammen zum See gehen?“ fragte sie, als sie um halb eins beim Mittagessen saßen. „Ich möchte auch wieder mal für kurze Zeit in der Sonne sitzen. Während du dein Boot fahren läßt, zeichne ich ein bißchen.“
Oh, nein, war seine erste Reaktion. Er konnte nicht daran denken, daß sie ganz in seiner Nähe dort nackt am Wasser sitzen würde. Aber dann war er doch einverstanden. Die Sonne schien zwar, aber es war gar nicht so warm. Und sie wäre bestimmt nicht so verrückt, dort nackt zu sitzen und Gänsehaut zu bekommen.
„Malst du dann ein Bild für mich? Für mein Zimmer zu Hause?“
„Das kann ich machen. Was soll ich denn malen?“
„Die eine Spitze auf der linken Seite, die gefällt mir so gut, und sie sieht so geheimnivoll aus. Dann kann ich sie zu Hause anschauen.“
Sie zog nur ihre Jacke aus und krempelte die Ärmel ihres Pullis hoch.
„So kann ich mich besser bewegen“, sagte sie.
Um Viertel vor drei sagte sie plötzlich:
„Ich glaube, wir sollten zurückgehen, Remco, es wird gleich regnen.“
Er ließ sein Boot besonders dicht an den beiden Landzungen vorbeifahren, damit er Gelegenheit hatte, die Sträucher zu beiden Seiten genau zu untersuchen, aber er hat niemanden entdecken können, PePe nicht und auch keinen Mann mit Fernglas. Er hatte gar nicht auf das Wetter geachtet. Als er sich umdrehte, sah er dunkelgraue Wolken von Norden her aufziehen.

Viertel nach drei, nein, fast fünf vor halb vier. Irene machte Tee und füllte zwei Gläser. Eins schob sie ihm über den Küchentisch zu.
„Ich habe zwei Bilder gemalt“, sagt sie, als sie ihm gegenübersitzt. Sie nimmt ihren Malblock und reißt ein großes Blatt raus. Sie hält den Block so, daß er das andere Bild nicht sehen kann.
„Bitte, dieses ist für dich. Für dein Zimmer.“
Es ist die Landzunge. Die Bäume, die Sträucher um PePes Versteck, die unscharfe Spiegelung der Bäume im Wasser.
„Das ist aber schön, fast wie in Wirklichkeit.“
Er steht auf, geht um den Tisch und gibt ihr einen Kuß. Irene legt ihren Arm um seine Hüfte und drückt ihn kurz.
„Warst du schon einmal dort?“ fragt er, während er das Bild anschaut.
Sie schüttelt den Kopf.
„Nein, bevor ich dieses Haus kaufte, sagte der Makler mir schon, daß diese Spitze der Familie Pama gehört. ‚Sie gehört zu Pamas Landgut‘, sagte er etwas spöttisch. Ich habe dort noch nie jemanden gesehen, und ich bin doch recht viel am Wasser. Aber ich mag es nicht, wenn Leute ungefragt auf mein Grundstück kommen, also mache ich es bei anderen auch nicht.“
„Und die andere Landzunge? Wem gehört die?“
Sie zuckt die Achseln.
„Der Wassergenossenschaft denke ich. Auf jener Seite stehen keine Häuser am See, aber ich kann auch nicht dorthin, ohne einen riesigen Umweg zu machen.“
„Ja, das habe ich auch schon festgestellt.“

„Du hast hier alles gründlich ausgekundschaftet“, sagt sie. „Ich habe dich überall rumlaufen sehen. Gefällt es dir hier?“
„Ja“, sagt er aus tiefstem Herzen. „Wer würde nicht so wohnen wollen?“
„Vorhin standest du am Wasser, als ob du hier zu Hause wärest“, sagt sie. „So habe ich dich auch gemalt. Das Bild ist aber für mich. Dann habe ich auch etwas, was ich anschauen kann, wenn du nicht hier bist.“
Sie schlägt den Malblock auf. Dort steht er, von hinten gesehen. Er steht etwas breitbeinig, die Antenne seines Senders kommt hinter dem linken Arm zum Vorschein und ragt schräg nach oben. Mit erhobenem Bug fliegt sein Boot über das Wasser. Ganz überrascht schaut er auf das Bild:
„Kannst du das so schnell?“
„Ich bin noch nicht ganz fertig, einige Farbtupfer fehlen noch: deine Stiefel, das Boot, der Himmel. Der Vordergrund und der Hintergrund sollen so schwach angedeutet bleiben. Es geht um diesen Jungen am Wasser, den ich in dieser Haltung festhalten wollte, also um dich. Und ich fragte mich beim Malen, was du wohl so dachtest.“
„Was ich alles noch mit meinem Boot ausprobieren könnte“, lügt er schnell.
Nachdem sie den Tee ausgetrunken haben, bittet Irene, ob er etwas für sie tun wolle.
Er nickt. „Sag’s nur!“
„In der Garage neben der großen Tür, da in der Ecke, wo das Auto deines Vaters immer steht, ist ein großer Haufen mit Farbbüchsen. Die meisten gehören dem vorigen Besitzer, und dann gibt es noch Reste, die übrig blieben, als ich im

Frühjahr das Haus von außen angestrichen habe. Würdest du für mich nachschauen, ob noch etwas davon brauchbar ist?"
„Ja, natürlich." Alles ist besser als Nichtstun und Schauen, wie lange der Sekundenzeiger seiner Uhr braucht, um einmal rundzulaufen.
„Manche Reste sind bestimmt eingetrocknet. Die kannst du wegwerfen. Ich werde dir ein paar Säcke für den Abfall geben. Morgen fahre ich sowieso in die Stadt, dann können wir alles bei der Städtischen Abfallbeseitigung abgeben. Auch die Büchsen, in denen nur kleine Farbreste sind, können weggeworfen werden, die benutze ich doch nicht mehr. Alles Brauchbare kannst du dann ordentlich stapeln, damit diese Ecke auch wieder in Ordnung ist."
Er steht auf.
„Ich gebe dir ein paar alte Lappen. Reibe bitte sofort deine Hände sauber, falls Farbe drankommt, denn wenn du dir deine Hose oder deinen Pullover verschmierst ..."
Er hat die Garagentür hochgeschoben, damit es etwas heller ist. Es regnet. Nieselregen, der zwar nicht schlimm aussieht, einen aber im Handumdrehen durch und durch naß werden läßt. Es ist eigentlich ein schönes Gefühl, hier im Trocknen zu sitzen, während nicht mal ein Meter entfernt der Regen auf das Pflaster fällt.
Er kniet zwischen den Farbbüchsen. Unter den Sträuchern hindurch sieht er das Wasser des Kanals. Wenn das heute abend doch auch möglich wäre! Aber während er darüber nachdenkt, weiß er auch, daß er sich nicht trauen würde, dort zu warten. Außerdem hätte es auch wenig Sinn. Im Dunkeln könnte er vielleicht etwas hören, aber nichts sehen.

Dann ist der Platz in seinem Zimmer am Fenster doch besser. Das, was PePe gestern abend erzählte, schien ihm zuerst ganz logisch, aber heute fing er immer mehr an, daran zu zweifeln. Falls dieser Mann heute abend ganz still, ja vielleicht sogar unhörbar wegrudert, dann weiß die Polizei immer noch nicht, daß noch jemand anderes im Spiel ist. Irene wird weiter verdächtigt werden, und sie würden sie im Auge behalten. Dieser Mann aber könnte einfach mit dem Geld, das er bekommen hat, abhauen. Vielleicht hat er diese Bilder nicht einmal, und dann läßt er nie mehr was von sich hören.

Mit einem Seufzer nimmt Remco die erste Farbbüchse.

Falls dieser Mann verschwindet, dann ist er der einzige, der ihn jemals gesehen hat. Und beweisen kann er dies nur mit einigen Fußabdrücken am Kanal, die vielleicht gerade vom Regen verwischt werden. Niemand wird ihm dann glauben.

Mit einem alten Schraubenzieher macht er die Deckel von den Büchsen auf und untersucht den Inhalt. Manche sind leer, andere haben vertrocknete Krusten oder nur kleine Farbreste, die unbrauchbar sind. Die wirft er alle weg.

Als er fertig ist, sind nur noch sieben Büchsen übrig, sechs Literbüchsen mit weißer und grüner Farbe für die Fenster und die Türen und eine kleine Büchse, halbvoll mit rosa Farbe, von der er sich nicht vorstellen kann, wofür die jemals gebraucht wurde. Er legt den Schraubenzieher auf die Büchse, guckt seine sauberen Hände an und legt den Putzlappen weg. Er zieht das Garagentor wieder runter und geht zu Irene.

Als er reinkommt, ruft sie ihn ans Telefon. Sein Vater ist dran. Er hatte ganz vergessen, daß Mittwoch ist und sein Vater in Limburg bleiben würde.

„Hallo Papa“, sagt er. „Irene hat heute ein Bild für mich gemalt. Von der Landzunge. Dann kann ich es zu Hause anschauen, weil es mir hier so gut gefällt.“
Natürlich mußte er wieder mal versprechen, sich gut zu benehmen.

# 16

Es wird schon fast zur Gewohnheit. Es ist fünf nach zehn, und er hat seine Bettdecke vor das Fenster auf den Boden gelegt. Richtig angezogen, sogar mit Jacke und Sportschuhen, liegt er der Länge nach darauf, sein Kopf in der Ecke unter dem Vorhang.

Es scheint normal, hier so zu liegen und zu wissen, daß dieser große Mann wie ein dunkler Schatten unterhalb seines Fensters auftauchen wird, um über den Weg in Richtung See in der dunklen Nacht zu verschwinden. Und doch sind einige Dinge jetzt anders als bei den vorigen Malen. Der Gedanke nämlich, daß nachher wahrscheinlich ganz viel Geld über den See an dieses Ufer kommen und daß das Boot auf der Rückfahrt eine Nachricht enthalten wird. Die Nachricht nämlich, in der der Ort genannt ist, wo der Mann die Gemälde gegen den größten Teil des Geldes eintauschen wird. In dem Fall wird diese Fahrt des Bootes dann wohl die letzte sein, und wenn dieser Mann den anderen hereinlegen will, wird er sich heute abend zum letztenmal in die Nähe des Sees trauen.

Deshalb muß er heute abend etwas unternehmen – und auch deswegen ist es heute anders, hier zu liegen. Sein ganzer Körper tut weh vor Anspannung.

Es regnet. Noch immer der gleiche trübe Nieselregen wie am Nachmittag, der innerhalb kurzer Zeit alles tropfnaß macht.

Fast hätte er seinen Plan für heute abend sausen lassen. Fast wäre es Irene gelungen, ihn zu überreden, bei ihr zu bleiben. „Gehst du wirklich jetzt schon schlafen?“ fragte sie, als er zu seinem Mansardenzimmer über der Garage aufbrechen wollte. „Bleib doch noch etwas, das ist gemütlicher. Du hast doch Ferien!“

Sie schauten fern. Irene saß bequem mit hochgezogenen Beinen auf der Couch. Sie trug Jeans.

Als er trotzdem aufstand, sagte sie:

„Seitdem dein Vater hier lebt, bin ich abends nie mehr allein.“

In diesem Moment erinnerte er sich plötzlich wieder, was er an jenem ersten Wochenende hier gesagt hatte. Er hatte damals versprochen, gut auf Irene aufzupassen. Damals war es ein Scherz, jetzt war es Ernst, und deshalb mußte er seinen Posten einnehmen. So konnte er sie am besten beschützen.

Er ging also zu ihr, gab ihr einen Kuß und sagte:

„Gute Nacht. Bis Morgen. Hoffentlich wird der Tag wieder so schön wie heute.“

Unten in der Garage hatte er alles vorbereitet. Wenn dieser Mann nachher in der Dunkelheit verschwunden sein wird, kann er sofort anfangen. Er hat Angst, aber wahrscheinlich ist dies seine letzte Chance, und deshalb muß er etwas unternehmen.

Der Mann trägt keine Regenkleidung. Seine Jacke glänzt vor Nässe, die Mütze ist tief in die Stirn gezogen. Nachdem der Mann auf dem Weg zum See verschwunden ist, steht Remco auf. Jetzt. Jetzt muß es geschehen, und er muß es verdammt

schnell tun. Er schleicht die Treppe hinunter zu der seitlichen Garagentür. Neben der Tür steht die kleine Büchse schon bereit, der Deckel liegt lose obendrauf. Er hat einen alten Lappen fest darumgewickelt. Er muß schnell laufen, vielleicht würde er auf dem Pfad zwischen den Sträuchern im Dunkeln stolpern, und er will keine Farbe an seine Kleider bekommen. Er nicht. Er öffnet die Tür einen Spalt und schaut nach draußen. Das Licht in der Küche brennt noch. Als er Irene verließ, schaute sie sich einen Film an, der noch lange nicht zu Ende war. Aber er kann ja notfalls immer noch die Ausrede vom Pinkeln benutzen.
Er geht hinaus, zieht die Tür hinter sich zu, schließt sie aber nicht ab, und mit ein paar großen Sprüngen um die Garagenecke verschwindet er aus dem Schein des Lichtes, das aus der Küche kommt.
Die Zweige von den Sträuchern sind schwer vom Regen, sie hängen über den Pfad, und er muß sie mit der freien Hand zur Seite schieben, bis er beim Ruderboot angelangt ist. Die Ruder stehen kreuzweise nach oben, so wie vorgestern. Er steigt in das Boot, hebt den losen Deckel von der Büchse und gießt die rosa Farbe von links nach rechts über die Sitzbank. Die Zeit reicht nicht aus, um die Büchse zu leeren, aber so ist es wohl genug. Er drückt den Deckel wieder auf die Büchse und wirft sie mit dem Lumpen in die Büsche. Morgen wird er diese Sachen wieder suchen und richtig aufräumen, jetzt muß er so schnell wie möglich zurück in sein Zimmer.
Als er wieder am Ufer des Kanals steht, schaut er noch mal kurz zum Boot. Es hat gut geklappt. Bei diesem Licht haben die Sitzbank und das übrige Boot genau die gleiche Farbe.

Und er hat Glück. Alles ist vom Regen so naß, daß es auch nicht so schnell auffallen wird, daß der Sitz nicht nur vom Regenwasser naß ist. Es riecht wohl nach frischer Farbe, aber hoffentlich merkt der Mann es erst, wenn es schon zu spät ist. Er soll nicht gleich die Bewohner dieses Hauses verdächtigen. Deshalb wäre es schon besser, diese Büchse noch ein paar Tage zwischen den Sträuchern liegen zu lassen.
Er läuft, so schnell er kann, zurück. Die beleuchtete Küche scheint noch immer leer zu sein. Er schließt die Tür hinter sich, schiebt die Schuhe von den Füßen und geht auf Strümpfen nach oben, während er schon den Reißverschluß der Jakke aufmacht. Er zieht sie aus, wirft sie über das Gitter am Treppengeländer, läßt sich auf seine Bettdecke fallen und taucht mit dem Kopf unter den Vorhang.
Er keucht ziemlich, und nicht nur, weil er sich so beeilt hat, sondern auch vor Spannung. Er müßte ja rechtzeitig wieder drinnen sein. Und er hat Angst, daß der Mann etwas merken wird, bevor er abfährt. Vielleicht hat er etwas furchtbar Dummes angestellt.
Langsam atmet er wieder ruhiger. Er weiß nicht, wie lange er von seinem Posten weg war, aber er denkt, daß das Boot in diesem Moment unterwegs zu dem Mann sein müßte. Er muß warten, bis er die Leuchtsignale von der anderen Seite sieht, dann weiß er, daß das Boot wieder losgefahren ist. Dann weiß er, wie weit sie sind. Das Boot ist dann unterwegs mit der Nachricht über das Wo und Wann des Bilderaustausches. Und über das Wie.
Angespannt späht er nach draußen. Er traut sich fast nicht, mit den Augen zu blinzeln, weil er dann die zwei kurzen Sig-

nalblitze verpassen könnte – und da hört er plötzlich ein Getöse wie von einem Schnellboot, das sich mit großer Geschwindigkeit nähert. Ja, es muß ein Boot mit einem ganz starken Motor sein. Fast sofort, nachdem das Brummen und gleichzeitig hohe Aufheulen des Motors plötzlich aufgehört hat, geht die Außenbeleuchtung neben der Küchentür an, und dann passiert alles gleichzeitig. Der Mann mit der Mütze und den grünen Gummistiefeln springt vom Weg herunter, um dem Lichtschein auszuweichen. Er rennt durch das hohe Gras zu der Garagenecke, dann weiter über den Pfad zwischen den Sträuchern zu seinem Ruderboot. JeJe rennt zwischen Haus und Garage hervor, und gleich darauf taucht Irene auf. Sie geht ruhig in ihren grünen Gummistiefeln, die Hände tief in die Taschen ihrer Jacke vergraben. Den rennenden Mann kann sie eigentlich nicht mehr gesehen haben. Remco sieht, daß sie nach ein paar Schritten stocksteif stehen bleibt, sich umdreht und zurückgehen will, aber es ist schon zu spät. Aus der Dunkelheit tauchen zwei Männer auf. Irene will etwas rufen, aber sie bringt nur ein undeutliches, ersticktes Geräusch hervor. Er sieht, wie einer der Männer ihr mit einer Hand den Mund zuhält und ihren Arm auf den Rücken dreht. Dann verschwinden sie zwischen Haus und Garage. Erstarrt liegt er mit der nassen Hose auf der Bettdecke. Er sieht JeJe, der einsam durch das hohe Gras springt, er hört, wie die Küchentür mit einem Knall zuschlägt, und dann geht auch die Außenlampe aus.

Was soll er tun? Was ist eigentlich geschehen? Er versucht, die Ereignisse zu ordnen. Er hörte ein Boot, das sich ganz

schnell näherte; dann war es plötzlich still. Das Boot kam, bevor er die zwei Blitze von der anderen Seite sah. Dann kam der Mann mit der Mütze angerannt und gleich darauf die zwei Männer, die Irene festnahmen.
Waren die beiden von der Polizei? Waren sie hinter dem geheimnisvollen Mann hergerannt, während sie vermuteten, hinter Irene her zu sein? Deswegen haben sie sie natürlich festgenommen und wollen jetzt in ihrem Haus nach den Bildern suchen! In diesem Fall mußte er sofort dorthin und den Irrtum aufklären.
Er steht auf und geht auf Zehenspitzen zum Dachfenster, er öffnet es langsam, damit man nichts hört. Es brennt Licht in der Küche, er kann ein Stück vom Tisch sehen, aber er kann nicht feststellen, ob Irene und die Männer dort sind. Im Lichtschein, der aus der Küche dringt, läuft JeJe schnuppernd auf und ab. Der arme Hund! Er muß jetzt nach unten, denn er muß JeJe hereinlassen und er muß den Polizisten sagen, daß Irene unschuldig ist.
Oben an der Treppe bleibt er stehen. Was soll er tun, falls diese Männer nicht zur Polizei gehören? Vieles geht durch seinen Kopf, aber er kann jetzt nicht richtig denken, denn seine Gedanken kommen so schnell nacheinander und sind so verwirrend, daß er nichts festhalten kann.
Im Dunkeln geht er die Treppe hinunter. Er steigt in seine Stiefel und schaut vorsichtig nach draußen. Auch von hier aus kann er niemanden in der Küche sehen. Auf Zehenspitzen geht er zum Küchenfenster. Die Küche ist leer. Tropfnaß reibt JeJe sich an seinen Beinen. Remco drückt den Griff der Waschküchentür leise nach unten. Die Tür ist verschlossen.

Er hatte JeJe mit sich nach oben genommen. Er weiß nicht, wie lange er schon mit dem Hund auf seinem Schoß auf dem Boden vor dem Bett kauert. Das Dachfenster war noch immer ein Spalt geöffnet, damit er hören könnte, ob die Männer vielleicht weggehen würden.

Aber nichts ist zu hören.

Er versucht nachzudenken. Wenn die Männer keine Polizisten wären, würden sie ebenso wie die Polizei von Irene wissen wollen, wo sie die Bilder versteckt habe. Er könnte ihr natürlich helfen und den Männern sagen, daß sie nicht die Spinne sei, aber so würde er auch verraten, daß er viel mehr wüßte. Und was würden die Männer dann mit Irene und ihm machen?

Plötzlich hebt JeJe den Kopf. Er hatte schon vor Remco das leichte Kratzen am Fenster gehört.

Das muß PePe sein.

„Pssst! Wir müssen warten", sagt PePe, sobald er drinnen ist. „Sie ist in Gefahr, aber wir können nichts tun. Ich habe die Polizei angerufen, deshalb konnte ich nicht früher hier sein."

„Diese Männer gehören also nicht zur Polizei?" fragt Remco. „Sie kamen ganz schnell angerannt, nahmen sie fest und brachten sie ins Haus."

„Weiß ich, ich habe alles gesehen. Ich erzähle dir alles oben. Zuerst brauche ich einen Stuhl. Vom viel zu schnellen Laufen tut mein Bein weh."

Remco geht hinter ihm her.

„Gib acht, das Gitter ist zugesperrt. Irenes Hund ist bei mir oben."

„Ich konnte gar nichts tun", sagt PePe, nachdem er sich hingesetzt hat. „Ich ging früh zu meinem Versteck, aber nach weniger als einer Viertelstunde kam ganz langsam ein Motorboot angefahren. Obwohl der Motor nicht hochtourig lief, konnte ich doch hören, daß er sehr stark sein mußte. Dieses Boot legte genau hinter der Landzunge an, noch keine zehn Meter von mir entfernt. Zuerst befürchtete ich, daß jemand an Land kommen würde, aber nach kurzer Zeit hörte ich sie miteinander reden, nichts Wichtiges, nur daß es auf dem Wasser kalt sei und daß es zu dieser Jahreszeit zum Glück nicht mehr so viele Mücken gäbe. Aber dann erklärten sie einander noch mal, was genau zu tun wäre. Jemand, den sie Leo nannten, würde nach dem Lichtzeichen das Boot losschicken. ‚Das Zeichen von dieser Person', sagten sie. Sie mußten warten, bis sie das Boot aus dem Wasser heben würde, um nachzuschauen, ob jetzt endlich das Geld mitgeschickt worden sei. ‚Das wird eine hübsche Überraschung für sie sein', sagte einer der Männer. Sobald das geschehen sei, müßten sie den Motor starten und mit Höchstgeschwindigkeit zu der Baumgruppe fahren. ‚Am besten lassen wir es einfach aufs Ufer auflaufen', sagte der andere Mann. ‚Dort kann nichts passieren. Ich habe diese Stelle lange genug gründlich beobachtet. Dieser kleine Junge läuft manchmal bis ins Wasser, wenn er mit seinem Boot spielt. Wenn wir den Motor zuerst abstellen, hat sie viel zuviel Zeit zum Entwischen.' Es handelte sich um ein Schnellboot ..."

„Das war also der Mann mit dem Fernglas", sagt Remco.

„Ja", sagt PePe, „und sie hatten so ein unheimlich schnelles Boot mit einem flachen Boden, das sie einfach aufs Ufer rauffuhren. Sie sprachen auch davon, daß sie ein typischer Ama-

teur sei, aber daß sie diese Spinne jetzt einmal in ihrem eigenen Netz strampeln sehen wollten.
‚Ich mag aber keine Gewalt, das weißt du', sagte der eine Mann. ‚Ich auch nicht', sagte der zweite, ‚aber ich will wissen, wo sie die Sachen hat. Und wenn sie nicht schnell damit herausrückt, könnte es Schläge geben.' Und ich hockte nur dort und konnte die ganze Zeit nichts unternehmen ..."
„Sei mal kurz ruhig", sagt Remco. „Meinst du, daß sie ihr ..."
„Ja, deshalb ..."
Durch das Dachfenster und durch die Vorhänge vor dem großen Fenster kommt plötzlich unruhiges Licht herein, das Licht von starken Suchscheinwerfern.

# 17

„Geh wieder rein“, sagt der Polizist, nachdem Remco die Seitentür der Garage öffnete. Der Mann geht hinter Remco in die Garage und läßt den Lichtstrahl seiner grellen Lampe durch den Raum streifen, dann läßt er ihn Stufe für Stufe nach oben die Treppe hochgleiten.
„Wohnst du da?“ fragt er und strahlt die Treppe an.
„Ja, das ist mein Zimmer, wenn ich hier bei meinem Vater und seiner Freundin bin.“
„Hast du angerufen?“
„Nein, das war mein Freund.“
„Wer ist das?“
„PePe. Pieter Pama.“
„Von der Villa am See?“
„Ja.“
„Wo ist er jetzt?“
„Hier. Oben. Er möchte lieber nicht gesehen werden.“
„Jetzt schon“, antwortet PePe von oben. „Ich bitte Sie nur, mein Gesicht nicht zu stark anzustrahlen. Es sieht nicht sehr hübsch aus.“ Sofort danach tauchen seine Füße an der obersten Treppenstufe auf.
Noch bevor PePe auf ebener Erde ist, sagt der Polizist: „Ihr bleibt hier. Ich hole den Kommandanten. Er wird bestimmt mit euch sprechen wollen.“
„Wo bist du?“ fragt PePe aus dem tiefen Dunkel, das entstan-

den ist, nachdem der Polizist mit seiner Lampe nach draußen gegangen war.

„Hier“, sagt Remco. „Komm her“, sagt er noch einmal, und dann spürt er PePes Hand auf seiner Schulter.

„Vielen, vielen Dank“, sagt PePe ganz leise. „Vielleicht hast du nicht darüber nachgedacht, aber du sagtest, daß ich dein Freund sei. Das ist schön.“

Remco weiß nicht, was er antworten soll, aber das ist auch nicht nötig, denn die Tür wird geöffnet und ein starker Lichtstrahl streift die beiden Jungen. Dann sagt eine Stimme hinter dieser Lampe:

„Ich bin Adjutant Geerdink, Gruppenführer der staatlichen Polizei. Du bist der Pamajunge. Und wer bist du?“

Die Lampe scheint Remco genau ins Gesicht. Er ist erschrokken. Ganz kurz schaut er zur Seite und dann wieder sofort vor sich hin. Ein scharfes Gesicht mit großen Zähnen und einem vorstehenden Mund hat er gesehen.

„Remco Witte“, sagt er. „Mein Vater lebt hier bei Frau Verhulst, aber heute abend ist er nicht zu Hause. Ich bin in Ferien hier.“

„Du hast angerufen“, sagt der Adjutant zu PePe. „Der Wachtmeister, der das Gespräch entgegennahm, nannte es eine ziemlich verworrene Geschichte. Glücklicherweise nanntest du deinen richtigen Namen, und weil du sagtest, daß Frau Verhulst in Gefahr sei, sind wir vorsichtshalber gekommen. Die Geschichte über die van Gogh-Bilder hört sich allerdings eher nach übertriebener Jungenphantasie an.“

„Das ist aber wirklich wahr“, sagt Remco. „Wir wissen es genau.“

„Darüber werden wir dann später sprechen“, sagt der Adjutant. „Frau Verhulst ist in Gefahr, sagst du, sagt ihr. Weshalb bist du dir so sicher?“
„Zwei Männer“, sagt Remco. „Sie rannten hinter dem fremden Mann her, aber Irene kam gerade nach draußen, als dieser verschwunden war. Dann haben sie Irene festgenommen, ihren Arm auf den Rücken gedreht und mit einer Hand ihren Mund zugehalten. So nahmen sie sie ins Haus.“
„Diese Männer kamen übers Wasser“, erzählt PePe weiter, „mit einem Schnellboot sind sie einfach auf das Ufer gefahren.“
„Kann es sein, daß diese Männer das Haus inzwischen wieder verlassen haben?“ fragt der Adjutant.
Remco zuckt die Achseln.
„Aber nicht zum See zurück, dann hätte ich etwas gesehen oder gehört. Aber vielleicht sind sie durch die Vordertür weggegangen ...“
„So ein teures Boot lassen sie doch nicht einfach zurück!“ sagt PePe.
„Im Haus ist niemand zu sehen“, sagt der Adjutant. „Das Licht brennt im Wohnzimmer und in der Küche, aber es ist niemand da.“
„Vielleicht sind sie im Atelier. Da gibt es keine Fenster außer einem großen Dachfenster.“
„Wo ist das Atelier?“ fragt der Adjutant. „Kannst du einen Grundriß vom ganzen Haus zeichnen?“
Er zieht einen kleinen Notizblock aus der Brusttasche seiner Uniform zusammen mit einem Kuli und gibt beides an Remco, der sofort zu zeichnen anfängt.

„Diese Wand ist hier genau gegenüber“, erklärt er. „Durch diese Tür kommt man in die Waschküche und gleich links befindet sich die Tür zur Küche. In der Küche gibt es drei Türen, die zur Waschküche also, und genau daneben die Tür zum Wohnzimmer. In der anderen Ecke befindet sich die dritte Tür. Von dort aus kommt man in den Flur, der an der Vorderseite des Hauses bis zur Vordertür führt und dort nach rechts abbiegt. Wenn man weitergeht, kommt man zur zweiten Tür des großen Zimmers. An diesem letzten Stück des Flures liegen auf der linken Seite das Zimmer meines Vaters und das Schlafzimmer von Irene und meinem Vater. Dazwischen liegen Bad und Toilette.“
„Das Atelier befindet sich also mitten im Haus?“ fragt der Adjutant.
„Ja. Es wird abgegrenzt durch diese Küchenwand, diese Wohnzimmerwand und die beiden Flurwände. Die Tür zum Atelier liegt dem Vordereingang schräg gegenüber.“
„Wo ist das Telefon?“ fragt der Adjutant.
„Im Wohnzimmer“, sagt Remco. „An der Wand zur Waschküche steht ein Schreibtisch mit dem Telefon. Ein weißes Telefon auf einem weißen Schreibtisch. Alles in diesem Zimmer ist weiß.“
„Falls jemand im Atelier ist und telefonieren möchte, hat er also zwei Möglichkeiten. Entweder er geht links durch die Küche zum Wohnzimmer oder rechts durch den anderen Teil vom Flur.“
„Ja“, sagt Remco ungeduldig. Alles dauert ihm viel zu lang. Was machen die Männer im Atelier mit Irene? Sie denken noch immer, daß sie die Bilder hat. Werden sie jetzt verlan-

gen, daß sie erzählen soll, wo die angeblich versteckt sind? Schlagen sie sie oder tun sie ihr vielleicht noch etwas Schlimmeres an?

„Was werden Sie jetzt tun?“ fragt er.

„Aus welchem Glas besteht dieses Atelierfenster? Weißt du das?“

„Milchglas. Ganz dickes – mit Eisendraht verstärkt“, sagt er.

„Dieses Dach bringt Ihnen nichts“, sagt PePe. „Es liegt eine dicke Kiesschicht darauf. Man kann dort nicht rüberkriechen, ohne gehört zu werden – und außerdem kann man doch nicht nach drinnen gucken.“

Der Adjutant legt die Hand auf den Türgriff und knipst seine Lampe aus.

„Was werden Sie jetzt tun?“ fragt Remco noch einmal. „Dürfen wir mitkommen? Ich habe Angst, hier zu bleiben.“

Wie sehr er sich auch anstrengt, er kann nichts hören. Er sieht nur, daß der Adjutant im Auto in den Telefonhörer spricht, zuhört und dann wieder spricht.

In der Garage überlegte der Adjutant kurz, bevor er beiden mitzukommen erlaubte, allerdings unter der Bedingung, daß sie dauernd in seiner Nähe bleiben würden und sich nicht einmischten. Draußen war es ganz dunkel, nur aus der Küche kam Licht. Der Adjutant flüsterte mit einem Polizisten, der um die Ecke der Garagenfront stand. Es war der Mann, der zuerst bei ihnen in der Garage gewesen war. Aus den Gesprächsfetzen, die er mitbekam, verstand Remco, daß der Adjutant anrufen sollte während die anderen Polizisten beide Wege zum Telefon scharf beobachten sollten.

Der Adjutant stieg in den Polizeibus, der auf der Klinkerstraße ungefähr fünfzig Meter von Irenes Haus entfernt stand. Die beiden Buben sollten draußen warten. Es regnete immer noch, und Remco spürte von neuem, wie seine Hosenbeine naß wurden. Sie konnten den Adjutanten sprechen sehen, hörten aber nichts. Im Lichtschein der kleinen Lampe war sein Gesicht sehr ernst.

Es wird ein langes Gespräch. Ein paar Mal macht er eine Geste, als ob er seine Worte unterstreichen wollte, hört kurz zu, nickt und redet wieder eine ganze Weile.

Endlich legt er den Hörer auf, schaut kurze Zeit vor sich hin und steigt dann aus dem Bus.

„Ihr hattet recht", sagt er. „Es sind zwei Männer im Haus. Sie sagen, sie wollten nur das Geld zurückholen, das diese ‚Dame' geliehen hätte. Ich weiß nicht so recht, was ich davon halten soll. Auf der einen Seite scheint es …"

Schritte kommen näher. Ein junger Mann in Jeans und Lederjacke bleibt vor dem Adjutanten stehen und sagt:

„Amateure. Aber vielleicht gerade deshalb gefährlich. Zuerst kam einer ins Zimmer. Er war durch die Vorhangspalte deutlich zu sehen. Nach einer Weile legte er den Hörer neben den Apparat auf den Schreibtisch und holte den anderen dazu. Aber das wissen Sie ja selbst natürlich auch schon."

Der Adjutant nickt.

„Sie standen nebeneinander am Telefon. Sie könnten Brüder sein."

„Zwillingsbrüder", sagt PePe plötzlich. „Sie nennen sich Gemini."

Der Adjutant schaut ihn scharf an.

„Was wißt ihr denn noch alles – und woher? Das möchte ich nachher genau von euch hören. Jetzt müssen wir zuerst an Frau Verhulst denken."
Zu dem Polizisten in Zivil sagt er:
„Zwei Dinge: Sie wollen das Haus nicht freiwillig verlassen, das heißt wenn wir sie haben wollen, müssen wir sie eben holen. Aber sie wollten für nichts garantieren. Das ist das erste. Jetzt die zweite Sache: Sie waren zusammen am Telefon, ließen Frau Verhulst also allein. Was hättest du an ihrer Stelle getan?"
„Die vordere Haustür ist doch schräg gegenüber der Ateliertür. Ich hätte diese paar Schritte gemacht und wäre nach draußen gerannt, es sei denn, daß ..."
„Eben. Es sei denn, sie hätten dir entweder eine wahnsinnige Angst eingejagt oder du könntest keinen Schritt machen, zum Beispiel, weil sie dich festgebunden hätten."
„Was wollen Sie jetzt unternehmen?" fragt der Polizist in Zivil.
„Es sind Amateure. Davon bin ich auch überzeugt. Bestimmt keine gemütlichen Burschen, aber auch keine hart gesottenen Verbrecher. Der eine ist abgefeimter als der andere. Der Mann, mit dem ich sprach, war eigentlich schon bereit gewesen, nach draußen zu kommen, aber dann holte er den anderen dazu und dieser fing an, wüst zu drohen. Indessen sind sie so naiv, daß sie nicht mal bemerkt haben, daß wir mit Lampen um das ganze Haus gingen. Der erste Mann war vor Schreck wie gelähmt, als ich mich vorstellte und sagte, daß das ganze Haus von Polizisten umstellt sei. Daß wir nur zu viert sind, brauchen die da drinnen nicht zu wissen. Der

zweite fing an zu lachen, obwohl sich das nicht sehr sicher anhörte, und erwiderte, daß jeder behaupten könne, von der Polizei zu sein. Falls wir diese beiden auf irgendeine Art drinnen überraschen könnten, würden sie wahrscheinlich nicht viel Widerstand leisten."

„Und wie würden Sie das tun wollen?"

„Ich habe einen Schlüssel zur Waschküche", sagt Remco leise.

Der Adjutant dreht sich zu ihm um und klopft ihm auf die Schulter.

„Sehr gut, Junge! Gibt es keinen Riegel an der Innenseite?"

Remco schüttelt den Kopf.

„Das macht es einfacher. Zuerst wollte ich die Terrassentür aufbrechen, aber jetzt gehen wir wie folgt vor: Du gehst nachher zu Zijlstra", sagt er zu dem Mann in Zivil, „und sagst ihm, daß er sich an der Vordertür postieren soll. Nachdem ich dort vorbeigegangen bin, klingelt er zuerst und ruft, daß die Polizei das Öffnen der Tür verlange. Danach macht er alle möglichen Geräusche, damit es sich anhört, als wolle er versuchen, die Tür aufzubrechen. Er soll sich einmal kräftig dagegen fallen lassen, aber die Tür darf nicht wirklich aufspringen, er soll nur die Aufmerksamkeit der beiden da drinnen auf sich gerichtet halten. Sag Winkler, daß er sich bei der Terrassentür auf der anderen Seite des Hauses postieren solle, das ist die einzige Tür, durch die sie entwischen können, falls sie sehr schnell sind. Du wartest an der Waschküchentür auf mich. Wir gehen zusammen rein. Ich durch die Küche zu dem vorderen Teil des Flures, du durch das Zimmer zum anderen Flurende. Dann nähern wir uns so leise wie möglich

von beiden Seiten gleichzeitig, damit die Überraschung möglichst groß ist. Alles klar?"
Der Mann in Zivil nickt.
„Los dann! Ich komme in zwei Minuten."
„Können wir etwas tun?" fragt PePe.
„Ihr?" sagt der Adjutant. „Ihr geht mit mir bis an die Vorderseite der Garage und wartet dort, bis ich euch rufe. Ihr bleibt dort und nirgendwo anders."
Als sie zur Garage kommen, fängt Zijlstra an, auf die Haustür zu schlagen und laut zu rufen. Der Adjutant huscht durch den Lichtschein, der noch immer aus der Küche nach draußen fällt.
„Denkst du, daß sie Irene etwas antun werden?" fragt Remco ängstlich.
PePe antwortet nicht, und als Remco sich suchend umschaut, entdeckt er, daß er ganz allein vor den großen Garagentoren steht.

# 18

Er fängt an, leise zu weinen. Er kann nichts dafür. Die Tränen brannten hinter seinen Augen. Er schluckte und versuchte, sie aufzuhalten, aber es gelang ihm nicht. Jetzt strömen sie über sein Gesicht; ab und zu wischt er sie mit dem Ärmel seiner Jacke weg, zusammen mit den Regentropfen, die aus seinen Haaren fallen.

Was passiert denn alles? Werden sie Irene etwas antun? Er hört Zijlstra an der Haustür schreien und schlagen, aber es ist dort so dunkel, daß er den Mann nicht erkennen kann. Kurz schaut er um die Garagenecke zur Waschküche rüber und sieht, daß der Adjutant und der Mann in Zivil mit Pistolen in der Hand den Schlüssel in die Tür stecken.

Werden sie schießen? Und was passiert, wenn die beiden Männer auch eine Pistole haben? Er erinnert sich an Fernsehbilder, wo Bankräuber mit der Pistole am Hals einer Geisel nach draußen kamen und in ein Auto stiegen, während die Polizei machtlos zusehen mußte. Würden diese Männer das auch mit Irene versuchen?

Er hört die leise Stimme des Adjutanten, und als er noch einmal vorsichtig um die Ecke schaut, sieht er beide Polizisten noch immer an der Waschküchentür stehen; und dann ist es plötzlich an der Vorderseite des Hauses hell. Jetzt ist Zijlstra deutlich im Licht zu sehen, das aus dem Flur nach draußen

fällt. Er geht einen Schritt zurück und greift nach der Pistole. „Sie sind durch die Terrassentür abgehauen!" hört Remco PePe schreien. „Geh zur anderen Seite und sage es dem Adjutanten. Ihr müßt zum See!"
Langsam kommt Zijlstra in Bewegung und geht zum Hof zwischen Haus und Garage, von wo aus er dem Adjutanten zuruft, daß die Männer in Richtung See geflohen seien.
Remco steht kurze Zeit unschlüssig da und geht dann zu der hell erleuchteten Haustür. Er wischt sich die Tränen aus den Augen und sieht PePe, der in der offenen Ateliertür steht. Er geht zu ihm und schaut herein. Direkt an der Tür liegt ein Bild auf dem Boden, mit der Rückseite nach oben. Dahinter sieht er die grünen Stiefel von Irene, die mit Schnüren an den Stuhlbeinen festgebunden sind, ihre Jeans und darüber die große Aktstudie, die auf Irenes Oberschenkeln steht.
„Irene! Ich hatte so viel Angst! Was haben sie dir getan?"
„Nimm mir zuerst das Bild vom Schoß", antwortet sie, „und mache diese Stricke auf."
„Ich wußte, daß du kommen würdest", sagt PePe mit seiner leisen Stimme. „Deshalb nahm ich das Bild noch nicht weg. Ich habe die beiden Kerle schon so furchtbar mit meinem Aussehen erschreckt. Ihr wollte ich das nicht antun."
Remco schaut PePe kurz an. Er trägt jetzt keine Mütze. Im hellen Licht des Ateliers ist jeder Quadratzentimeter seines Gesichts deutlich zu sehen. Es ist schief, der Mund steht hervor und eine schräge Narbe läuft von seinem Auge weiter bis zu einer kahlen Stelle oberhalb des Ohres.
„Beeil dich, Remco", drängt Irene. „Binde mich jetzt bitte los. Wer ist da bei dir?"

Remco nimmt das große Bild, hebt es hoch und stellt es an die Wand. Irene hat ein rotes Gesicht und große angsterfüllte Augen.
„Dies hier ist mein Freund PePe, Pieter Pama, aus dem Nachbarhaus. Er zeigt sich normalerweise nicht so gern, weil die Leute sich vor ihm erschrecken, wenn sie ihn sehen."
Irene schaut ihn an.
„Ja, nicht unbedingt eine Schönheit – aber deine Stimme ist wunderschön, weißt du das? Aber jetzt macht endlich die Schnüre auf!"
Nicht nur ihre Füße sind festgebunden, auch die Handgelenke sind hinter dem Stuhlrücken zusammengeschnürt. Während Remco sich mit den Knoten auf ihrem Rücken beschäftigt, bindet PePe die Füße los. Irene steht auf, streckt sich und schaut auf das Durcheinander im Atelier. Dann schlägt sie die Arme um die beiden Jungen und fängt plötzlich an, furchtbar zu weinen. Remco spürt, wie das Schluchzen ihren ganzen Körper erschüttert. „Ach, ihr zwei, ich habe so schreckliche Angst gehabt!"

Sie stehen immer noch so da, als an die Haustür geklopft wird. Der Adjutant kommt herein, streckt Irene seine Hand hin und stellt sich vor.
„Adjutant Geerdink", sagt er und schaut zu dem Durcheinander von umgefallenen Bildern, Schnüren und dem umgeworfenen Stuhl. „Diese Jungen haben mich angerufen und gemeldet, daß Sie in Ihrem Haus von zwei Männern festgehalten werden. Jetzt haben wir die beiden erwischt, weil ihr Boot zum Glück nicht anspringen wollte."

„Nein“, grinst PePe. „Ich habe das Kabel von der Zündkerze rausgerissen. Ich kam sowieso da vorbei und dachte mir ...“

Der Adjutant schaut ihn an: „Heute abend habe ich schon einmal gesagt, daß ihr mir sehr viel zu erklären habt. Aber jetzt zuerst zu den beiden Männern. Wir haben sie festgenommen. Zwei meiner Leute bringen sie zur Dienststelle und dort werden sie vernommen. Auf dem Weg hierher hörte ich einige zusammenhanglose Bruchstücke, noch keine richtige Geschichte. Sie, Frau Verhulst, wollten wohl Geschäfte mit ihnen machen, und falls die beiden auch Interesse hätten, sollten sie ein Ferienhäuschen auf der anderen Seite des Sees mieten. Das haben sie gemacht, und Sie schickten ihnen dann mit der Post ein Boot mit Fernsteuerung und den Sender, welches beides zum Austausch von Nachrichten benutzt wurde. Es hört sich ziemlich phantastisch an. Können Sie mir dazu etwas Näheres erzählen?“

Irene schüttelt langsam den Kopf.

„Nein“, fängt sie an. „Ich verstehe überhaupt nichts. Ich ging nach draußen, um den Hund rauszu ... Der Hund!“

„Er ist in meinem Zimmer“, beruhigt Remco sie.

„Gott sei Dank“, seufzt sie, und wieder schluchzt sie ein paar Mal heftig. „Ich war gerade erst draußen, als diese zwei Männer auf mich zusprangen. Sie schubsten mich zurück ins Haus und fragten nach den Bildern. ‚In meinem Atelier natürlich‘, antwortete ich. Und dann haben sie mich festgebunden. Sie wollten ihr Geld zurück, aber ich wußte nicht, wovon sie sprachen. Dann drohten sie, sie könnten mir natürlich auch ein Ohr abschneiden, falls ich nicht schnell mit dem Versteck herausrücken würde. Ich konnte nichts sagen, denn ich wußte ja gar nicht, was sie meinten. Aber ich hatte Angst und fing an zu weinen. Dann suchten sie zwischen den Bildern, die hier gegen die Wände lehnten. Sie nahmen sie hoch und warfen sie zur Seite, und als ich meinte, sie sollten etwas vorsichtiger mit den Bildern umgehen, nahm einer der Männer diese Aktstudie von der Wand über meinem Kopf und stellte sie mir auf den Schoß. So brauchte ich nichts mehr zu sehen, und sie hätten etwas Hübscheres zum Anschauen als mein weinerliches Gesicht, meinten sie. Und sie sprachen von einer Spinne, die jetzt im eigenen Netz gefangen sei."

„Ich dachte zuerst auch, daß Sie die Spinne seien", mischt PePe sich ein, „aber Remco entdeckte, daß die Spinne ein Mann sei."

„Remco?" sagt Irene fragend.

„Wer ist dieser Mann und wo ist er?" will der Adjutant wissen.

Remco zuckt die Schultern.

„An den Abenden, wenn das Boot hin und her geschickt wurde, um Nachrichten auszutauschen, kam er hierher, mit einem Ruderboot, das im Kanal neben der Garage liegen blieb. Dieser Kanal führt weiter bis zur Straße und dort unter der Brücke durch. Auf der anderen Seite der Straße mündet er in einen Wassergraben, der in beide Richtungen führt. Dort liegen viele solcher Boote. Sie ähneln sich sehr. Deshalb hab ich heute abend rosa Farbe über die Sitzbank des Bootes geschüttet, das hier bei der Garage lag."

„Was?" rufen PePe und der Adjutant gleichzeitig.

„Das ist ja wahnsinnig toll von dir!" sagt PePe bewundernd. „Ich dachte schon, daß wir den für immer verloren hätten."

Der Adjutant läuft schnell aus dem Atelier, und sie hören ihn im Wohnzimmer telefonieren. Als er zurückkommt, geht er zur Haustür, öffnet sie und ruft: „Scholten!"
Der Polizist in Zivil antwortet aus der Nähe und kommt.
„Geh den Kanal, der hier an der Garage anfängt, entlang. Wir suchen ein Ruderboot mit einer rosa Sitzbank, dessen Farbe noch naß sein müßte. Oder, besser gesagt, wir suchen einen Mann mit einem rosa Hosenboden. Du gehst bis zur Brücke an der Straße. Ich habe im Büro angerufen, es kommen noch vier Leute zur Brücke. Von dort aus sucht ihr in beiden Richtungen. Wir müssen diesen Mann finden, so schnell wie möglich. Ich bleibe hier. Mit diesen beiden Jungen bin ich vorerst noch nicht fertig."

Sie sitzen im Wohnzimmer. Es ist halb eins. Irene hat Kaffee gemacht. Sie schauen sich gegenseitig an, als ob alle vier darauf warten, daß einer von den anderen zu sprechen anfängt.
„Zuerst schien es mir zu übertrieben und zu phantastisch, aber jetzt muß ich ehrlich gestehen, daß auch ich an die gestohlenen van Gogh-Bilder denke." Das war alles, was der Adjutant sagte, danach starrte er nur noch nachdenklich vor sich hin.
Remco schaut zu PePe. Jetzt, nachdem er sich schon etwas an dieses Gesicht gewöhnt hat, ist es gar nicht mehr so schlimm anzuschauen. Vielleicht hatte er sich nach PePes Schilderung noch Schlimmeres vorgestellt.
„Wo ist deine Mütze?" fragt er.
PePe streicht mit der Hand über den Kopf. „Die müßte im

Schlafzimmer liegen“, und als wollte er sich bei Irene entschuldigen, fügt er hinzu: „Ich bin dort hereingekommen. Sie hatten das Fenster einen Spalt breit offen gelassen, eingehakt zwar, aber mit dem Taschenmesser konnte ich es leicht aufmachen.“

„Ich hatte doch gesagt, daß ihr ohne meine Genehmigung nichts unternehmen solltet!“ sagt der Adjutant.

„Ja“, sagt PePe, und seine Stimme klingt plötzlich schärfer. „Aber ich war wütend. Als ich anrief, wollten Sie mir schon nicht glauben, und als Remco und ich sagten, daß wir sicher seien, daß es sich um diese gestohlenen Bilder handele, sagten Sie, das sei im Moment nicht so wichtig. Als Sie hier ins Haus gehen wollten, stellten Sie zwar einen schönen Plan auf, aber Sie berücksichtigten nicht alles. Ihr Plan taugte nichts. Sie freuten sich so darüber, daß Remco den Schlüssel zur Waschküche hatte, daß Sie dabei etwas Wichtiges vergaßen. Die Männer hatten die Tür nämlich von innen verschlossen, und die meisten Menschen lassen dann den Schlüssel von innen stecken. Dann kann man nicht mit einem anderen Schlüssel von außen aufschließen.“

„Das stimmt.“ Der Adjutant seufzte.

„Sie nannten diese Männer Amateure“, fährt PePe fort, „aber ich hatte heute abend, bevor sie mit dem Boot hierherfuhren, mitbekommen, wie sie über Frau Verhulst sprachen. Und ich hatte Angst, daß sie ..., daß sie ...“

„Was?“ fragt Irene mit großen Augen.

„Sie hatten gesagt, daß sie so viel Schönes auch mal aus der Nähe betrachten wollten. Während der letzten Wochen hatten sie hier alles mit einem Fernglas beobachtet, und zwar

von der rechten Landzunge aus. Ich weiß nicht, ob Sie während dieser Zeit noch mal ..."
Remco sieht, daß PePes Kopf knallrot wird.
„... ob Sie noch mal nackt am Wasser saßen."
Irene zuckt die Schultern.
„Im September gab es noch ein paar sonnige Tage ... Ende September. Geht dies alles schon so lange?"
„Genau das will ich auch wissen", sagt der Adjutant. „Jetzt erzählt ihr mir so präzise wie möglich vom Anfang bis zum Ende, was alles passiert ist und was ihr unternommen habt."
„Nachher. Zuerst soll PePe weitererzählen, wie er hier reinkam. Ich möchte zu gern wissen, wie er die Männer los wurde", sagt Remco.
PePe grinst.
„Es ist wirklich nicht angenehm, so häßlich wie ich zu sein", sagt er. „Die Leute gucken immer so, als ob sie ihren eigenen Augen nicht trauen, wenn sie einmal hingeschaut haben. Aber heute abend war es von Vorteil. Eigentlich hatte ich vor, durch das Zimmer in die Küche zu schleichen, um dann die Tür der Waschküche von innen für Sie aufzuschließen. Aber als ich im Schlafzimmer stand, hörte ich die beiden im Flur genau vor der Schlafzimmertür sprechen. Zijlstra machte ziemlich viel Krach, und sie sprachen darüber, in welche Richtung sie am besten abhauen könnten. Als ich das hörte, faßte ich plötzlich Mut. Ich warf meine Mütze irgendwo aufs Bett, riß die Tür mit einem Ruck auf und steckte meinen Kopf um die Ecke. Ich kicherte leise, fast im Nacken des einen Mannes. Der andere schaute mir direkt ins Gesicht, und dann drehte der erste sich erschrocken um. Sie wurden beide

blaß und rannten dann ins Wohnzimmer, als ob sie ein Gespenst gesehen hätten."
Der Adjutant nickt. Erstaunt schaut Irene von PePe zu Remco.
„Deshalb wolltest du also in den Herbstferien hierherkommen!"
„Nicht nur deswegen", antwortet er. „Auch weil ich gern hier bin. Bei dir."
„Und deshalb mußte ich dir eine Spinne zeichnen. Deswegen hattest du plötzlich so viel Interesse an van Gogh. Ja, und deshalb wolltest du auch während der letzten Tage nicht mehr ans Wasser."
„Aber weshalb", fragt der Adjutant, „weshalb habt ihr um Himmels Willen nicht alles, was ihr wußtet, der Polizei weitergegeben?"
„Das ist meine Schuld", sagt PePe. „Ich dachte folgendes: Wenn jemand solch wertvolle Bilder stiehlt, macht er das, um Lösegeld dafür zu bekommen. Dieses Lösegeld muß natürlich bezahlt werden von dem Besitzer, also in diesem Fall vom Museum. Aber es war bekannt, daß diese Bilder gestohlen wurden, die Polizei stellte ja schon Ermittlungen an, also mußte die Museumsdirektion die Polizei einschalten. Deshalb dachte ich, daß die Unterhändler auf der anderen Seite des Sees Polizisten seien. Das war mein Fehler."
„Jetzt kann ich froh sein, daß ich Farbe über den Sitz gegossen habe", sagt Remco. „Vielleicht können Sie diesen Mann jetzt doch noch erwischen."
Der Adjutant schaut vor sich hin.
„Darf ich noch einmal Ihr Telefon benutzen?" fragt er und

steht auf. „Mal hören, ob meine Leute schon etwas mehr aus den beiden Männern herausbekommen haben.“
Während er zum Schreibtisch geht, klingelt das Telefon.

# 19

„Ja", sagt der Adjutant, schon bevor er den Hörer richtig am Mund hält. „Ja, ich bin selbst dran." Er nickt, hört zu, sagt ab und zu „ja" und schließlich: „Bleibt dort, alle drei. Bringt alle Leute in einen Raum, so daß nichts aus dem Haus gebracht werden kann. Niemand darf den Raum verlassen ... ja, ja, die Wirtsstube scheint mir am besten geeignet dafür. Ich schicke noch mehr Leute, und dann läßt du das ganze Haus durchsuchen. Zimmer für Zimmer. Ihr sucht nach dieser nassen Hose mit dem rosa Hosenboden und nach den drei gestohlenen van Gogh-Bildern ... Was sagst du? ... Ja, so groß ist der Fisch, den wir am Haken, aber leider noch nicht auf dem Trockenen haben ... Ja, einverstanden."
Er legt auf, nimmt den Hörer wieder ab und wählt eine Nummer. „Hier Geerdink. Schick so viel Leute wie möglich zum Roten Hirschen. Ja, jetzt gleich. Hole sie ruhig aus den Betten. Aber die Presse darf noch nichts mitbekommen, vorläufig kann ich noch keine neugierigen Reporter gebrauchen. Scholten ist im Roten Hirschen, alles dort läuft unter seiner Leitung. Und wie geht's mit unseren Häftlingen? Ja, gib mir Winkler mal."
Er schweigt, trommelt mit den Fingern auf die Schreibtischplatte und dreht sich um. Er nickt und lächelt zufrieden. Alles geht gut, denkt Remco, der Fisch hat angebissen. Jemand aus dem Roten Hirschen.

„Ja, Winkler", sagt der Adjutant. „Schieß los!"
Er hört zu, brummt zustimmend, nickt, lächelt und sagt: „Festhalten, beide! Ja, ich werde es mit dem Staatsanwalt regeln. Du bleibst dort. Ich muß vorläufig noch hier bleiben, weil ich kein Auto habe. Außerdem kann ich von hier aus alles genausogut regeln."
Er legt den Hörer auf, kommt zu der Sitzecke und läßt sich in den Sessel fallen.
„Alles geht gut", sagt er. „Zwei Brüder sind es, aus einer ganz anderen Gegend des Landes. Von jemandem, der sich Spinne nennt, haben sie das Angebot bekommen, die drei gestohlenen van Gogh-Bilder zu übernehmen."
„Weshalb gerade die beiden?" fragt Irene.
„Sie kommen aus einer Familie, die einschlägig bekannt ist. Es sind Zwillinge, ein dritter Bruder ist vor drei Monaten aus dem Gefängnis entlassen worden. Er hatte drei Jahre bekommen, weil er an einer Entführung beteiligt war."
„Heißt er Leo?" fragt PePe.
„Hast du diesen Namen aufgefangen?" fragt der Adjutant scharf. „Ja, Leo mußte heute abend – gestern abend also, rechtzeitig das Boot hierhinschicken."
„Behalte das gut", sagt der Adjutant, „denn es ist vielleicht der einzige Beweis, den wir gegen ihn haben. Unsere Kollegen von der anderen Seite des Sees waren schon bei diesem Ferienhäuschen, aber der Vogel war bereits ausgeflogen. Er hat natürlich gesehen, daß es hier überall hell war und dann die richtige Schlußfolgerung gezogen. Aber wo war ich stehengeblieben? Ja, das Gefängnis. Es ist möglich, daß die Spinne oder ein Bekannter der Spinne Leo dort kennenge-

lernt hat. Auf alle Fälle hat er den Brüdern die Bilder für eine Million angeboten, weil sie wohl besser als er selbst etwas damit anzufangen wüßten. Sie bezahlten fünfundzwanzigtausend Gulden, damit die Spinne Zutrauen hatte, und heute abend wollten sie die Spinne, Sie also, überlisten. Sie waren völlig davon überzeugt, daß Sie die Spinne seien. Aber alles lief anders, die Spinne war zu gewieft, und sie ahnten wohl auch nicht, daß zwei neugierige Jungen über all ihre Unternehmungen informiert waren. Das muß allerdings für die richtige Spinne auch eine böse Überraschung gewesen sein, diese rosa Sitzbank ..."

Der Adjutant grinst kurz und fährt fort:

„Du warst wohl sehr großzügig mit der Farbe!"

Remco schüttelt den Kopf.

„Dafür hatte ich nicht genug Zeit, ich goß das Zeug einfach über den Sitz."

„Haben sie ihn?" fragt PePe.

„Nein, aber wir sind auf der richtigen Spur. Scholten ging den Kanal entlang zur Straße und von dort mit zwei anderen Polizisten nach rechts. Unterwegs schauten sie sich alle Boote an, aber sie fanden keinen einzigen Spritzer rosa Farbe. Er ging in den Roten Hirschen, um hier anzurufen und nachzufragen, ob er noch weiter suchen sollte. In der Wirtschaft ging er zur Theke und fragte den Wirt, ob er das Telefon benutzen dürfe. Dort roch er dann plötzlich so etwas wie Terpentin. Und dann entdeckte er auf dem Sitz eines Barhockers rosa Farbe. Unauffällig kratzte er mit einem Nagel daran: sie war frisch. Er glaubt, daß der Wirt und die zwei anderen Besucher des Wirtshauses von dieser Entdeckung zur Zeit des

Anrufes noch keine Ahnung hatten. Die Spinne war also auf alle Fälle dort gewesen."
Sie schauen sich gegenseitig an. Irene hat große, glänzende Augen. PePe kaut auf etwas herum. Remco überlegt, wie er selbst wohl aussieht, denn sein ganzes Gesicht glüht.
„Jetzt können wir nur abwarten", sagt der Adjutant. Er schaut auf seine Uhr. „Wenn alles nach Plan verläuft, müßte der Rote Hirsch in diesem Moment auf den Kopf gestellt werden."
Die Spinne, denkt Remco. Um diesen Mann dreht sich jetzt alles. Dieser Mann, der vielleicht immer noch meint, daß er wie eine richtige Spinne am Rande seines Netzes warten kann, bis die Beute sich darin verfängt. Ahnt er schon, daß er selber immer mehr in die Falle gerät?
Irene steht auf. Sie sieht sehr groß aus in den engen dunkelblauen Jeans und auf den hohen Stöckelschuhen.
„Habt ihr noch Lust auf Kaffee?" fragt sie und nimmt die Thermoskanne vom kleinen Tisch.
„Ich nicht mehr", sagt Remco. „Ich werde JeJe holen. Der ist ja noch immer in meinem Zimmer."
Er schaut den Adjutanten fragend an, aber dieser interessiert sich nur für seine Tasse, die von Irene langsam mit Kaffee gefüllt wird.
„Dann laß ihn auch noch mal nach draußen", sagt Irene. „Sonst pinkelt er noch ins Wohnzimmer. Es ist ein junger Hund", entschuldigt sie sich beim Adjutanten. „Er ist noch keine Woche bei uns."

Als er in die Garage kommt, jault JeJe leise oben an der Treppe. Er kläfft ein paarmal und wedelt mit dem ganzen Körper, als Remco die Treppe zu ihm hochkommt. Remco stößt das Gitter auf und hebt den Hund hoch.

„Du wirst schon ziemlich schwer", sagt er und drückt sein Gesicht in das Fell des Hundes. „Du sollst bald groß und stark sein, um dein Frauchen zu beschützen."

Draußen stellt er JeJe auf den Boden und geht ein paar Schritte in Richtung See. An der Garagenecke bleibt er stehen, während JeJe weiter durch das Gras schnuppert und wedelt. Es regnet nicht mehr, aber der Himmel ist noch immer ganz bedeckt. Er sieht den See nicht, aber er kann ihn sich sogar mit geschlossenen Augen vorstellen. Eigentlich verrückt, wieviel Zeit hat er insgesamt bis jetzt hier verbracht? Ein Wochenende und diese fünf Tage, und er hat ein Gefühl, als ob er hier zu Hause sei. Zu Hause bei der Freundin seines Vaters. Vor zwei Wochen hätte er das für unmöglich gehalten.

Und er hat einen Freund. Würde PePe ihn jetzt auch am hellichten Tag treffen wollen? Er findet dieses Gesicht gar nicht so schlimm. Beim ersten Mal in der Garage im Licht der Lampe des Adjutanten hat er sich schon etwas erschrocken, aber als er PePe ohne Mütze im Atelier sah, fand er es gar nicht unheimlich. Was hatte Irenes Lehrer doch gesagt? Wer sich für seinen Körper schämt, schämt sich für sich selbst. Das muß er PePe auch sagen: Wer sich für sein Gesicht schämt ... Und für sich selbst braucht PePe sich ja nicht zu schämen. Er ist nett, und er weiß schrecklich viel, und er kann so viel mehr als Remco.

Jetzt sitzt sein neuer Freund mit dem Adjutanten bei der

Freundin seines Vaters im weißen Zimmer. Ohne Mütze. Er sah, daß Irene ihre Hand kurz auf PePes Kopf legte, als sie in die Küche ging. Es war so, als ob sie mit ihrem Daumen die kahle Stelle oberhalb seines Ohres massierte, ganz kurz nur. Er pfeift JeJe, den er undeutlich im hohen Gras neben dem Weg sehen kann. Er scheint mit etwas zu spielen, denn er wedelt und knurrt, geht ab und zu ein paar Schritte rückwärts und springt dann mit einem hohen Satz nach vorne.
Er pfeift noch mal, aber der Hund will nicht kommen. Statt dessen kläfft er ein paarmal schrill und springt knurrend wieder nach vorn. Dann ragt plötzlich ein Arm aus dem Gras, und JeJe geht jaulend ein kleines Stück rückwärts, springt gleich danach aber wieder laut knurrend auf seine Beute. Es scheint jedoch kein Spiel mehr zu sein. JeJe rollt jaulend durch das Gras, und ein großer Mann mit einer Mütze kommt plötzlich drohend auf Remco zu.
Remco dreht sich um.
„Hilfe!“ ruft er so laut er kann und rennt zur Waschküchentür. „Hilfe!“ Er reißt die Tür auf, springt hinein und will die Tür hinter sich zuschlagen, aber im letzten Moment zieht jemand von draußen mit einem kräftigen Ruck, so daß er stolpert und nach draußen geschleudert wird.
Er spürt eine harte Hand in seinem Nacken. Hinter sich hört er eine Stimme:
„Du bist das Scheißkerlchen, das alles für mich verdorben hat! Zuerst heute abend mit dieser schmierigen Drecksfarbe und jetzt noch einmal im letzten Moment!“
Remco wird wie ein junger Hund im Nacken hin und her geschüttelt.

„Laß den Jungen los und nimm die Hände hoch!“ hört Remco den Adjutanten. Mit der Pistole in der Hand steht er in der Küchentür.
„Schieß nur“, sagt die Stimme hinter seinem Kopf. „Du mußt zuerst quer durch diesen Jungen schießen, bevor du mich triffst!“
„Ich aber nicht“, sagt eine rauhe, unbekannte Stimme hinter ihm. Es ist eine grobe, heisere Stimme. „Du stellst den Jungen sofort auf den Boden und nimmst die Hände hoch, genau wie der Adjutant dir gesagt hat!“

Remco wird zum Adjutanten gestoßen. Auf allen Vieren liegt er auf dem Boden der Waschküche. Er hört, wie der Mann hinter ihm flucht, und sieht, wie der Adjutant schnell über ihn steigt. Als er versucht hochzukommen und gleichzeitig zur Außentür schaut, spürt er Schmerzen im Nacken und im Kopf.
Der Mann liegt auf den Steinfliesen vor der Tür, PePe kniet auf seinem Rücken. Der Adjutant legt dem Mann Handschellen an und befiehlt ihm aufzustehen. JeJe kommt mit angelegten Ohren herbeigelaufen und knurrt ihn an.
„Scheißhund“, sagt er.
Remco hält sich am Türpfosten fest, weil ihm schwindelig ist. Dann fühlt er Irenes Arm um seine Schulter. Sie zieht ihn vorsichtig ins Haus.
„Gut gemacht, Junge“, sagt der Adjutant über seine Schulter zu PePe und schiebt den Mann in die Waschküche.
„Herr Berger!“ sagt Irene erstaunt.

„Was ist passiert?“ fragt Remco. „Wer war dieser andere Mann?“
„Ich“, grinst PePe. „Ich hörte dich rufen . Der Adjutant ging sofort in die Küche, und ich ging durch die Terrassentür nach draußen. Er schleuderte dich von sich und drehte sich noch immer in der gleichen Haltung um. Er meinte wohl, daß ein Erwachsener hinter ihm stünde. Ich hatte mein zugeklapptes Taschenmesser in seinen Rücken gedrückt, und als er nach hinten ausschlug, ging der Schlag glatt über mich hinweg. Ich brauchte ihn nur zu schubsen, und schon lag er auf dem Boden.“
Der Adjutant nimmt den Hocker aus der Ecke beim Küchenschrank und stellt ihn in die Mitte der Küche.
„Setz dich!“ sagt er zu dem Mann. „Sie kennen diesen Mann?“ fragt er Irene.
Sie nickt.
„Ja, ich habe von ihm das Haus gekauft. Ich sah ihn damals einige Male, unter anderem beim Notar. Berger heißt er.“
„Stimmt das?“ fragt der Adjutant.
Der Mann nickt. Er trägt eine dunkelgraue Hose und schwarze Lederschuhe.
„Er ist die Spinne“, sagt Remco. „Ich bin mir sicher, er ist der Mann, den ich ein paarmal gesehen habe. Und er sagte eben auch, daß ich alles für ihn verdorben hätte mit dieser Farbe.“
„Dann gibt es viel zu erzählen“, sagte der Adjutant. „Du hast dich beim Roten Hirschen umgezogen. Dort fanden wir Farbspuren und dort wird in diesem Moment alles auf den Kopf gestellt. Die Brüder Coenen, du kennst sie auch unter

dem Namen Gemini, sind verhaftet und legten ein Geständnis ab. Du hast also die drei van Gogh–Bilder gestohlen, und wohl kaum allein. Leg mal los!"
Der Mann stiert vor sich hin, und es sieht so aus, als ob er etwas sagen wolle.
„Sei vernünftig, Berger", sagt der Adjutant. „Wir haben so viele Beweise gegen dich, daß du keine andere Möglichkeit mehr hast: den Nachrichtenaustausch am Samstag abend um Punkt halb elf, deine Versuche, deinen Gegenspielern vorzutäuschen, Frau Verhulst sei die Spinne, deine Bootsfahrt hierher bis neben die Garage ..."
Der Adjutant blickt kurz zu Remco und PePe rüber und fährt dann fort: „Den größten Teil eurer Korrespondenz fingen wir unterwegs ab, und wir lasen die Nachrichten. Wir waren also während der ganzen Zeit gut informiert."
Berger stiert immer noch auf die Fliesen des Küchenbodens. Er schüttelt den Kopf und fängt stockend zu sprechen an: „Es war schrecklich für mich, dieses Haus verkaufen zu müssen", sagt er leise. „Aber meine Frau hielt es hier nicht mehr aus. Nach ein paar Monaten sehnte ich mich wieder sehr stark zurück nach allem hier. An einem Samstagnachmittag fuhr ich mit meinem Auto zum Roten Hirschen, und von dort aus ging ich zu Fuß zu den Stellen, die mir alle so vertraut waren. Immer häufiger kam ich danach zurück, kaufte mir dann auch ein Ruderboot, damit ich auf den See ..."
„Wo liegt das?"
„Wenn man hinter der Garage in Richtung Straße rudert, gibt es nach ungefähr vierzig Metern einen schmalen Nebenarm. Der sieht aus wie eine kleine Bucht, die im Schilf endet,

aber man kann dort durch bis an den See auf der anderen Seite der Landzunge. Dort habe ich das Boot im Schilf versteckt, ganz nahe am See. Es liegt immer dort, seit ich es gekauft habe, weil ich von dort leicht auf den See konnte."
„Und jetzt zum Bilderraub."
Berger zuckt die Schultern.
„Ihr kommt doch dahinter. Die anderen machen sich schon seit Wochen vor Angst in die Hosen. Zuerst war es ein Spaß. An einem Abend hängte Kramer vom Roten Hirschen eine Reproduktion eines van Gogh-Bildes an die Wand der Wirtsstube. Sie kennen das Bild bestimmt: eine Caféterrasse in einer französischen Kleinstadt; ein Bild mit vielen Blau- und Gelbtönen. ‚Wenn das echt wäre, wäre ich steinreich', sagte er. Damals wurde in London gerade ein Bild von van Gogh für viele Millionen versteigert. Darauf sagte ein anderer, daß wir uns einfach eins holen sollten, im Museum gebe es genügend. Es war alles nur ein Spaß, ein kleines Spiel mit etwas, was sowieso nicht möglich ist. Wir redeten über das perfekte Verbrechen, ausgeführt von ein paar Männern, die noch nie etwas mit der Polizei zu tun hatten. Ein Bild, das in einer Wirtschaft an die Wand gehängt würde, und von dem jeder denken würde, es sei eine billige Reproduktion."

Berger schweigt kurz und schaut vom Adjutanten zu Irene und wieder zurück, wobei er zu lächeln versucht.
„Ich dachte weiter nicht mehr daran, es war dummes Gerede an einer Wirtshaustheke, nicht mehr, aber am nächsten Samstag fing Kramer wieder davon an. Wenn wir so ein Bild in unserem Besitz hätten, könnten wir natürlich ein schönes

Lösegeld dafür verlangen. Aber als es dann ernst wurde, trauten sie ..."
„Nicht so schnell", sagte der Adjutant. „Habt ihr diese Bilder aus dem Museum geholt?"
Berger nickt.
„Wer?"
„Kramer, der Wirt vom Roten Hirschen, van den Berg, auch ein Stammkunde, und ich. In drei Minuten war es passiert. Wir hatten alles gut geplant. Wir wußten auch, daß die Polizei uns nie finden konnte, falls wir uns unauffällig verhalten würden. Aber Kramer wollte Geld sehen, denn sein Geschäft läuft nicht so gut. Ich mußte immer an das perfekte Verbrechen denken. So lange niemand weiß, daß ich die Bilder habe, kann mich auch niemand verdächtigen. Deswegen sagte ich, daß wir nicht mit dem Museum verhandeln sollten, sondern besser versuchten, sie für einen niedrigen Betrag loszuwerden ..."
„Für eine Million an die Familie Coenen", sagt der Adjutant. „Wer kam auf diese Idee?"
„Van den Berg hörte über dritte von diesen Männern. Da ich aber auch denen meine Identität nicht preisgeben wollte, täuschte ich vor, ein Amateur wie Frau Verhulst ..."
Das Telefon im Wohnzimmer klingelt. Irene steht auf und geht hin. Sie kommt sofort wieder zurück.
„Für Sie", sagt sie zum Adjutanten. „Scholten."
Der Adjutant geht in die Waschküche, schließt die Außentür ab und steckt den Schlüssel in die Tasche.
„Keine Witze", sagt er zu Berger, als er ins Wohnzimmer geht. Er läßt die Tür einen Spalt breit offen.

Sie versuchen alle zu hören, was er sagt, aber Remco fängt nur ein tiefes Gebrummel und einige „ja“ auf, bis der Adjutant plötzlich ganz deutlich sagt: „Du nimmst Kramer und van den Berg mit ins Büro, und danach holst du mich hier ab. Hier habe ich auch noch jemanden festgenommen. Ja. Bis später.“

Er kommt ins Zimmer und legt sofort los: „Farbspuren an deinem Auto. Jeans und Gummistiefel mit rosa Farbe im Abfalleimer hinter der Küche des Roten Hirschen. Was hast du eigentlich noch hier zu suchen? Wieso bist du nicht gleich nach Hause gefahren?“

„Ich wollte den Sender und das Boot noch abholen. Beides warf ich in die Büsche, als ich das Schnellboot kommen hörte.“

„Du lügst, du wolltest deine Kumpel reinlegen. Du wolltest die Bilder abholen und mußtest nur noch warten, bis alles hier ruhig wurde – und du hattest keine Ahnung, daß ich noch immer hier war. Das perfekte Verbrechen! Dann mußt du deine Dinger mit Leuten drehen, die nicht gleich auspakken. Wo sind die Bilder versteckt?“

„Die Bilder abholen?“ staunt Irene. „Hier?“

„Sind sie hier im Haus?“ fragt Remco.

„Oder in der Garage?“ fragt PePe.

„Das müßte ich doch wissen!“ sagt Irene. „Ich kenne jeden Fleck in diesem Haus.“

„Können Sie ins Haus kommen?“ fragt PePe.

Berger versucht wieder, schwach zu lächeln.

„Ein halbes Jahr, nachdem ich Ihnen das Haus verkauft hatte, fand ich noch einen weiteren Haustürschlüssel. Es war zu spät, ihn Ihnen noch abzugeben, dachte ich, und warf ihn in einen Topf, in dem ich lauter Gerümpel aufbewahre. Ich dachte erst wieder daran, als wir ein sicheres Versteck für die Bilder suchten."

„Aber wo ...?" fragt Irene.

„Zuerst habe ich mich in aller Ruhe umgeschaut, schließlich kenne ich auch jede Stelle in diesem Haus", Berger grinst, „nur, daß es jetzt anders eingerichtet ist. Ich dachte zuerst an den kleinen Raum oberhalb des Zählerschrankes neben der Haustür. Die Deckenplatte in diesem Schrank ist locker, und man könnte dort leicht etwas verstecken. Aber es gab da manchmal Mäuse, deswegen schien mir diese Stelle doch nicht so geschickt."

„Welche Stelle dann?" fragt Remco.

Der Mann schaut ihn einen kurzen Augenblick ganz giftig an, dann starrt er vor sich hin und sagt:

„Ich überlegte mir, daß an einer Stelle, wo es schon viele Bilder gibt, diese wohl auch richtig aufgehoben wären. Temperatur und Luftfeuchtigkeit und alles andere würden dort in Ordnung sein."

„Mein Atelier", sagt Irene.

„Aber ich konnte sie nicht ohne weiteres zwischen alle anderen stellen, ich mußte sie ja verstecken. Und da fiel mir ein Bild auf, das Sie wahrscheinlich nie verkaufen würden."

„Die Aktstudie!" sagt Remco.

Berger sagt nichts.

Irene ist schon weg. Sie kommt zurück und legt das Bild umgedreht auf den Küchentisch.

Remco geht zu ihr. Als er sich über die Rückseite des Bildes beugt, spürt er noch immer diesen höllischen Schmerz im Nacken. Mit einem breiten Klebestreifen wurde ein anderes Bild auf der Leinwand befestigt. Auch von diesem Bild sieht er nur die Rückseite.

„Vorsicht", sagt Irene, als Remco an einer Ecke des Klebestreifens herumfingert. „Laß mich mal."

Kurze Zeit später hält sie ein Bild mit großen Sonnenblumen in ihren Händen. Und dann ist auf der Rückseite der Aktstudie noch ein weiteres Rechteck zu sehen. Nachdem Irene eine sehr sonnige Landschaft abgelöst hat, kommt sie zum dritten Bild, dem Selbstporträt des Malers.

„Und diese wertvollen Bilder hingen hier in meinem Atelier", sagt Irene ruhig.

„Ja, und die Männer hoben sie von der Wand und stellten sie dir auf den Schoß", sagt Remco.

„Und ich lehnte sogar mit meiner Stirn dagegen."

„Wurden sie richtig behandelt?" fragt der Adjutant.

Irene beugt sich über die Bilder.

„Ja. Soviel ich bis jetzt sehen kann, sind sie nicht beschädigt. Sie wurden auch ordentlich aus den Rahmen gelöst."

„Ich machte sogar die Spinnweben hinter dieser nackten Dame weg", sagt Berger. „Dabei kam ich auf die Idee, mich Spinne zu nennen."

# 20

„Ich möchte ins Bett", sagt Irene. „Es ist fast drei Uhr, ihr zwei, und ich bin todmüde. Aber ob ich richtig einschlafen kann ...?"

PePe steht auf.

Irene geht zu ihm und küßt ihn auf beide Wangen.

„Vielen Dank, PePe. Es war ein Alptraum. Ohne Remco und dich wäre er vielleicht immer noch nicht zu Ende."

„Jetzt aber Gott sei Dank wohl", sagt Remco. „Wie hoch wird die Belohnung sein?"

PePe zuckt die Achseln. Im letzten Moment, als Berger schon im Polizeibus saß und der Adjutant mit einer Mappe von Irene unterm Arm, in der er die Bilder mitnahm, sagte, daß er morgen zurückkommen werde, um noch einiges zu regeln, erwähnte er auch, daß eine Belohnung für denjenigen ausgesetzt worden sei, der der Polizei einen Hinweis gäbe, wo die gestohlenen Bilder sein könnten.

„Sehr hoch, denke ich", sagt Irene und reckt sich. „Aber für mich ist viel wichtiger, daß es hier bei uns wieder ruhiger wird."

„Was machen wir morgen?" fragt Remco.

„Ich komme hierher", sagt PePe. „Darf ich?"

„Natürlich darfst du", sagt Irene. „Auch wenn Remco nicht hier ist."

Remco begleitet PePe bis zur Waschküche.

„Sollen wir mein Boot fahren lassen?“ fragt er. „Mit zwei Sendern?“
„Das ist eine gute Idee“, sagt PePe. Und etwas später: „Trotzdem finde ich es schade, daß der Adjutant es für besser hält, daß Zeitung und Fernsehen nicht erfahren, daß eigentlich wir zwei den Bilderdiebstahl aufgeklärt haben.“
„Warum? Er hat doch recht. Wir sorgten dafür, daß das perfekte Verbrechen nicht perfekt sein konnte. Und er liegt wohl richtig in der Annahme, daß man andere nicht auf eine Idee bringen sollte. Die könnten ja aus den Fehlern ihrer Vorgänger lernen.“
„Ja“, sagt PePe, „er hat schon recht. Aber trotzdem finde ich es schade. Ich hätte gern mein schiefes Gesicht in der Zeitung und im Fernsehen gesehen. Dann hätte das ganze Land mal richtig hingucken können, und ich wäre meine Angst losgeworden.“
„Angst?“ sagt Remco. „Du hast Angst, weil alle so gucken? Stell dich bloß nicht so an. Weißt du, was man bei uns sagt? Gucken tut nicht weh!“
„O.K.“, sagt PePe. „Wir sehen uns morgen.“
Er dreht sich um und geht weg. Da erst bemerkt Remco, daß ihm etwas fehlt.
„PePe, deine Mütze!“ ruft er hinter ihm her.
„Die darfst du haben“, hört er PePes Antwort aus dem Dunkel.